DA VIDA NAS RUAS
AO TETO DOS LIVROS

DA VIDA NAS RUAS AO TETO DOS LIVROS

CLARICE FORTUNATO

Rio de Janeiro
2020

Copyright © 2020
Clarice Fortunato

Editoras
Cristina Fernandes Warth
Mariana Warth

Coordenação de produção, projeto gráfico e capa
Daniel Viana

Preparação de texto
Eneida D. Gaspar

Revisão
Léia Coelho

Este livro segue as novas regras do
Acordo Ortográfico da Língua Portuguesa.

Todos os direitos reservados à Pallas Editora e Distribuidora Ltda.
É vetada a reprodução por qualquer meio mecânico, eletrônico,
xerográfico etc., sem a permissão por escrito da editora, de parte ou
totalidade do material escrito.

Este livro foi impresso em junho de 2020,
na Gráfica Assahí, em São Paulo. O papel de miolo
é o pólen soft 80g/m², e o de capa é o cartão 250g/m².
As fontes usadas no miolo são a Vollkorn para o texto
e Neutra Text para os títulos.

CIP-BRASIL. CATALOGAÇÃO NA PUBLICAÇÃO
SINDICATO NACIONAL DOS EDITORES DE LIVROS, RJ

F851d

    Fortunato, Clarice, 1976-
        Da vida nas ruas ao teto dos livros / Clarice Fortunato. - 1. ed. - Rio de Janeiro : Pallas, 2020.
        120 p. ; 21 cm.

    ISBN 978-65-5602-001-3

    1. Fortunato, Clarice, 1976-. 2. Escritoras brasileiras - Biografia. 3. Memória autobiográfica. I. Título.

20-63816   CDD: 928.69
                      CDU: 929:821.134.3

Leandra Felix da Cruz Candido - Bibliotecária - CRB-7/6135

Pallas Editora e Distribuidora Ltda.
Rua Frederico de Albuquerque, 56 — Higienópolis
CEP 21050-840 — Rio de Janeiro — RJ
Tel./fax: 21 2270-0186
www.pallaseditora.com.br | pallas@pallaseditora.com.br

Ao meu pôr-do-sol,
minha matriz Édina Assis Vieira (in memoriam),
amor necessário que rege a minha existência.

SUMÁRIO

9   Prefácio: Mistérios de uma nova Clarice

13   Introdução

21   Preâmbulo: um mergulho desvairadamente melancólico

25   Reminiscências: despertando os esquecimentos da memória

37   Aurora agreste: lembranças da infância na fazenda

53   Fale com elas: vozes mulheres silenciadas

57   Nós, moradores de rua: vidas às margens

69   Lar, insustentável (agri)doce lar

73   Regresso escolar e desencantos com a "terra prometida"

77   Perdi minha matriz: acertaram o meu calcanhar de Aquiles

83   (Dis)sabores da minha cor: marcas indeléveis do racismo

89   Antes do dia amanhecer, outros obstáculos

93   O despertar onírico: a menina no reverso do espelho

101   Contemporaneidade: o entrelaçamento entre a escrita e o reencontro de si

111   Posfácio à viagem biográfica

117   Referências

PREFÁCIO:
MISTÉRIOS DE UMA NOVA CLARICE

A poderosa escrita de Clarice me atingiu em cheio. Lembro-me perfeitamente da noite em que seu texto me chegou de Exeter, na Inglaterra, onde ela estava realizando parte do seu doutorado. Quando comecei a ler sua história, fui sendo tomada pela surpresa e pela emoção. Nos conhecíamos havia muitos anos; como pode uma pessoa com quem convivemos há tanto tempo desvelar diante de nós, assim de repente, a narrativa de uma vida de que sequer suspeitávamos?

Minha primeira lembrança de Clarice são seus olhos, inquietos, curiosos, assustados. Se me ponho a rememorar esses anos distantes, ainda vejo seu olhar se acender numa aula, creio que num momento em que a literatura e ela começavam este longo caminho de encontros. Hoje penso que ela iniciava ali, com a literatura, sua busca por uma cidadania que, então, ela mais adivinhava do que de fato conhecia. Eu no entanto não sabia quase nada de sua história, das intermináveis e duras caminhadas que enfrentou até chegar ali, naquele lugar, dentro da sala de aula, no espaço acadêmico, esse lugar que para alguns era tão óbvio, tão sem surpresa, quase uma 'natural' consequência de suas vidas tranquilas. Para Clarice, tudo era novo, e aquele estar ali era um prêmio, era o troféu que conquistava por puro merecimento.

Sua lúcida consciência acerca do seu próprio percurso não a deixa esquecer, entretanto, que aquilo que conquistou — e que não é pouco: uma escrita própria, uma voz que é sua, um lugar no mundo —, sendo um lugar de mérito, não apaga as outras tantas vozes que ainda esperam sua vez. Sua trajetória, sua determinação, me lembram as palavras de Gloria Anzaldúa, escritora *chicana* que com suas palavras desafiou fronteiras e poderes:

> *Por que sou levada a escrever? Porque a escrita me salva da complacência que me amedronta. Porque não tenho escolha. Porque devo manter vivo o espírito de minha revolta e a mim mesma também. Porque o mundo que crio na escrita compensa o que o mundo real não me dá. [...] Escrevo para registrar o que os outros apagam quando falo, para reescrever as histórias mal escritas sobre mim, sobre você.*
> **Gloria Anzaldúa**[1]

Assim percebo a voz desta nova escritora. Uma voz que vem para cobrir e corrigir silêncios, para dizer aquilo que foi apagado, abafado, emudecido sobre as muitas e muitas histórias de vida que atravessam nosso país e muitos outros lugares do mundo. Histórias de vida marcadas pelo peso avassalador do preconceito, da desigualdade e da injustiça mas que, teimosamente, apesar de tudo, permanecem vivas, à espreita, à espera. Ao tomar a palavra, essa escritora, que agora se apresenta para nós, se coloca vividamente em sua narrativa, ao mesmo tempo que nos propõe personagens, espaços, tempos e ações construídos com a firme delicadeza de quem conhece literatura. Como boa leitora, ela aprendeu a arte de narrar, aquela que nos conquista e nos toma pela mão, para nos levar, seduzidos, do início ao desfecho, querendo saber, percorrer com ela os mistérios do antes e do depois. A força e a beleza de sua história se espalham por todas as páginas deste livro, que felizmente podemos ter em nossas mãos. Trata-se de um verdadeiro encontro.

Quando li seu relato, pensei em calar minha voz, e só consegui ser tomada pela voz de Clarice, que eu, finalmente, descobria. Que muitas e muitas pessoas possam descobri-la, agora que, finalmente, e para nossa sorte, ela se torna pública.

Simone Pereira Schmidt

INTRODUÇÃO

Minhas asas estão prontas para o voo,
Se pudesse, eu retrocederia
Pois eu seria menos feliz
Se permanecesse imerso no tempo vivo.
Gerhard Scholem, Saudação do anjo

Há um quadro de Klee que se chama Angelus Novus. Representa um anjo que parece querer afastar-se de algo que ele encara fixamente. Seus olhos estão escancarados, sua boca dilatada, suas asas abertas. O anjo da história deve ter esse aspecto. Seu rosto está dirigido para o passado. Onde nós vemos uma cadeia de acontecimentos, ele vê uma catástrofe única, que acumula incansavelmente ruína sobre ruína e as dispersa a nossos pés. Ele gostaria de deter-se para acordar os mortos e juntar os fragmentos. Mas uma tempestade sopra do paraíso e prende-se em suas asas com tanta força que ele não pode mais fechá-las.
Walter Benjamin, 1994, p. 226[2]

Escrevo este prólogo com o intuito de nortear o leitor sobre a determinação de contar esta história, mesmo sabendo que há dimensões da existência humana que não podem ser traduzidas em palavras. Ainda assim, inspirada pelas palavras de Gioconda Belli[3], afirmo com convicção que "três fatores, que não escolhi, marcaram todas as esferas da minha existência: ser mulher, ser negra e ser pobre". No campo simbólico, dizem Chevalier e Gheerbrant[4], "O preto é a cor da noite; é a cor também das provas, dos sofrimentos, do mistério, mas pode ser, também, o abrigo do adversário que espreita. Na África negra, a cor é um símbolo igualmente religioso, carregado de sentido e poder." Mas, no Brasil, ser negro é sinônimo de exclusão e de todas as mazelas decorrentes desta condição. Como mulher negra, desde muito cedo, tive a compreensão de que a minha cor tem uma simbologia ressignificada coletivamente: poder, força e resistência. Dessa forma, a força motriz da minha luta é uma herança ancestral, como também assevera Conceição Evaristo[5]: "a minha voz recolhe as vozes da minha bisavó, da minha avó e da minha mãe; e de todas essas vozes negras se fará ouvir a ressonância"; e me apoio nessa ancestralidade na esperança de sublimar todos os sofrimentos por meio dessa escrita.

Quando decidi escrever a minha história, eu estava na cidade de Exeter, Inglaterra, realizando o *Programa de Doutorado Sanduíche no Exterior*. Foi um período memorável, que me permitiu a experiência do encontro comigo mesma, que só a insularidade do exílio pode proporcionar. No início, durante a minha estada na pequena e bucólica cidade, tudo era descoberta e euforia. Depois, as atividades cotidianas na universidade me mantiveram ocupada o bastante para não pensar em questões subjetivas. Era abril e começo de primavera, mas o clima, cinzento e frio; ao menos não chovia. Com a chegada das férias, a universidade deserta, absorvida pelo clima de silêncio e solidão, propícios ao trabalho da escrita, me debrucei na minha pesquisa. Ao término da escrita de um artigo, e já voltando para a tese, o barulho ensurdecedor dos acontecimentos políticos no Brasil começou a me perturbar. Gastei um tempo considerável discutindo sobre isso nas redes sociais de amigos, até perceber que o debate fervoroso me desestabilizava. Deliberadamente, desconectei-me das redes sociais e mergulhei no silêncio ponderoso, que me permitia reorganizar a escrita. No entanto, de súbito, fui interrompida por uma polifonia de vozes que ecoavam a me atormentar. Recorri a minha sensatez, num esforço para afastá-las; não era momento para nostalgia e sim determinação na continuidade da pesquisa. Entretanto, a vozearia só parecia multiplicar. Cobri com as mãos os ouvidos, na tentativa de romper o desatino, mas foi inútil. Então, decidi fugir depressa, coloquei um agasalho e saí a caminhar pelas ruas esvaziadas pelo frio. Ali fora, com o vento gelado a lambear meu rosto, a respiração quente abrandava aquela sensação incômoda, e, por aqueles instantes, libertei-me das vozes. Perdi a noção de quanto tempo caminhei. Anoiteceu, mas eu me recusava a voltar para casa, receando o ressurgimento do vozerio. Toda a mansidão dos meus dias parecia agora pertencer a um passado recente para onde era impossível regressar. O cansaço não me permitiu continuar perambulando, então, retornei. Meus presságios se confirmaram e, assim que cheguei, as vozes retornaram ainda mais impetuosas e nítidas: "escreva sua história, escreva sua história, escreva sua história..." Eu podia distinguir os vários tons de vozes das pessoas que sugeriram que eu contasse a minha história. Já não havia como fugir, compreendi que a única maneira de romper com o processo paranoico era render-me à escrita. Tão épica foi essa clarificação que, no mesmo momento, todas as vozes se dissiparam e, pouco depois, a serenidade voltou ao meu espírito. Estava salva e não seria devorada pela esfinge.

A escritura da narrativa de memórias é o desfecho de um processo transcendental, um mergulho nas profundezas do meu ser, em busca de todos os fragmentos dilacerados e esquecidos da minha história. Esquecimentos relativos à minha incompletude. Um quebra-cabeça, do qual foram perdidas peças importantes. É necessário desmontar e remontar as partes porque, se abrir mão delas, corro o risco de perder minhas raízes com o mundo, com a minha história. Não que o desraizamento seja ruim, pelo contrário; entretanto, quando reivindico minhas raízes, falo de conexão no sentido de pertencimento e origem: eu preciso perscrutar quem sou para entender minha trajetória. Talvez eu faça as pazes com o passado, sintonize o presente e enfrente com leveza o futuro.

Na epifania da paranoia, descobri, é tempo de fechar o ciclo iniciado na infância, quando a percepção de plenitude era o conhecimento; e a literatura, veículo condutor a universos mágicos, aos quais eu sentia uma necessidade absurda de acesso. Essa urgência determinou o meu modo de pensar, sentir e agir. Via-me horas e horas a contemplar crianças estudando e ansiava ser como elas, era dolorosa a exclusão daquele universo fascinante. Sentia-me como uma criança num castigo silencioso, enquanto outras brincavam ruidosamente ao redor. Eu experimentava, pela primeira vez, a sensação de me sentir "fora", como se eu não existisse de fato — eu era invisível. Parece que em todos os grupos existe alguém assim: uma peça que não se encaixa.

As crianças, quando não vivem em um ambiente satisfatório, constroem seu próprio universo. E, como uma tentativa de refúgio, assim o fiz, já que o mundo real era perverso. Adotei esse mecanismo lúdico a fim de me conectar com esse lugar quimérico: sonhava outra Clarice. A imaginação voava distante, para o lugar de onde fosse possível olhar a vida à distância segura e confortável. O "eu" imaginário: uma menina alegre, uniforme e tênis limpos, a cuidar dos deveres escolares, depois da chegada do colégio. Era uma forma de ausentar-me da realidade. Criei um lugar de conforto, uma simbiose secreta com a felicidade, como a noção freudiana sobre os sonhos como estratégia poderosa para aliviar o sofrimento, ao imaginar vidas diferentes e melhores para si. No mundo real, o caderno velho, recolhido no lixo, cuja escrita apaguei; uniforme doado pela vizinha porque já não servia; os pés estavam descalços e eu não sabia ler.

Retorno ao presente. Ao debruçar-me na escrita, vejo nitidamente que a ânsia em revisitar o passado sempre esteve presente, como um poderoso vulcão adormecido que, de repente, entra em erupção. Na impossibilidade de manter a memória passada silente, recordei o filme *Brilho eterno de uma mente sem lembranças*[6], em que a personagem principal, depois de se decepcionar com um grande amor, submete-se a um tratamento experimental para apagá-lo da memória. O argumento da película se casa com minha decisão de manter distante a memória do passado de perda e dor.

Inexplicavelmente, no período em que morei na Inglaterra — um ano, que representa o círculo e um ciclo — o passado eclodiu num grito estrondoso em mim: "Você precisa contar sua história!" A viagem ao exterior era também um deslocamento para fora de mim. Uma revelação: eu mesma a me observar, a me desafiar ao autoconhecimento. Como encontrar forças para evocar o pretérito assombroso? O passado agradável é um lugar de refúgio e conforto imaginários. Porém, quando permeado de dor, sua revisitação é penosa. O meu passado pesa demais. Expurgá-lo é vivê-lo outra vez. Eis por que tenho lutado avidamente contra o arrebatamento que me impelia a olhar para trás. Contudo, algo em mim sabia impossível ignorar tal ímpeto. Foi quando entendi ou me agarrei na esperança de que contar minha história é crucial para que eu encerre uma fase, como uma rota de retorno à luz, o desenrolar do meu destino.

Olho o passado e vejo uma estranha; aliás, várias versões de mim mesma. Sou a menina que desmaiou sem ter o que comer? Que tremia o corpo esquelético de frio e medo na noite escura? Sim, sou eu. Tenho no corpo as marcas, e, na alma, a dor. Ao olhar as cicatrizes, regresso, como Ulisses, da Odisseia[7], reconhecido por sua antiga ama graças a uma cicatriz, e vejo a garotinha em mim. Compreendo ser impossível resgatar os detalhes, mas recupero fragmentos e amplio sua trama, esforço de rememoração. Nesse lembrar, sinto a mesma dor, como se a vivesse no presente. Se eu recobrar mil vezes, mil vezes me dói; sofro porque não sei o que restou da garotinha em mim. E talvez isso me dê forças para resgatar a memória do passado, o único lugar onde posso revisitá-la e dizer-lhe que a dor não matou os meus sonhos. Quem sabe, se eu tiver êxito ao juntar as peças do passado, seja possível me transportar para um lugar onde o meu mundo faça sentido.

A escrita me resgata novamente ao presente, e as lágrimas secaram enquanto escrevo estas linhas. Afinal, compreendi a urgência da narração e o quanto a vida é surpreendente. Temos controle dela? Nós nos cremos protagonistas e empregamos um esforço tremendo, a remar contra a corrente. E eu queria dizer isso sem cair em clichê ou soar piegas, mas estou convicta de que é impossível escapar desse risco: quando você estiver em águas perigosas, transponha os obstáculos, mas, em rota já traçada, deixe-se conduzir! Todos os rios correm para a mesma direção. Sim, eu me equivoquei quando julguei a viagem ao exterior "apenas" parte do processo acadêmico. Segundo Todorov, "O deslocamento no espaço é o indício primeiro, o mais óbvio, da mudança; [...] A viagem no espaço simboliza a passagem do tempo, o deslocamento físico o faz para a mudança interior"[8]; e, nesse sentido, a verdadeira jornada foi longínqua e transformadora, uma experiência visceral. Deixo-me conduzir e, nessa entrega, sinto a minha alma, aos poucos, libertar-se, segura de estar no caminho certo. Estou muito perto de olhar o passado sem sentir dor. À medida que escrevo, leveza e força combinam-se harmoniosamente. Sim, existem segredos invioláveis, dores com as quais ainda não consigo lidar. Haverá um tempo em que todas as feridas deixarão de sangrar? Não! Não há nenhuma garantia. Porém, a desmaterialização da dor acontece quando a transformamos em força e a empregamos em prol de uma causa maior, deixando um rastro interessante na história. Nessa experiência, a escrita subjetiva é catarse, um elemento-chave capaz de fechar e abrir novos ciclos.

Concomitante ao desenvolvimento da escrita, eu me proponho a refletir sobre tantas vidas marginalizadas, consciente da impossibilidade de tomar a minha condição como mulher negra generalizável, mas para que outras pessoas em igual situação se reconheçam na minha história como parte de coletivo marginal. Meu intuito é instigar uma reflexão sobre o peso de ser mulher, negra e pobre no Brasil e o impacto desses fatores no seu cotidiano de cenário miserável e violento. Refletir sobre as relações sociais na contemporaneidade, onde perduram resquícios das práticas sociais do período colonial escravocrata. A condição marginal das mulheres negras está atrelada à continuidade do racismo sedimentado através de valores culturais elitistas. É possível repensar esses valores sob uma nova perspectiva e propor um compartilhamento de saber social filantrópico que influencie assertivamente a vida dos indivíduos.

PREÂMBULO: UM MERGULHO DESVAIRADAMENTE MELANCÓLICO

A literatura pode muito. Ela pode nos estender a mão quando estamos profundamente deprimidos, nos tornar ainda mais próximos dos outros seres humanos que nos cercam, nos faz compreender melhor o mundo e nos ajudar a viver.

Todorov, 2009[9]

Os jardins da nossa existência nem sempre são primaveras. Alguns são sombrios, repletos de labirintos secretos, pelos quais evitamos adentrar por falta de coragem ou excesso de prudência, ou ainda pelo pouco entendimento ou pela impossibilidade de conexão com uma história de dor. Quando decidi escrever esta história, eu estava convicta; ainda assim, enfrentei o desconforto ao revisitar o passado. Eu quis regressar, mas tive medo do que encontraria. Cogitei suspender a busca, mas já não era possível. Uma força misteriosa impelia-me a mergulhar. Ao me impulsionar, meu espírito foi tomado por uma sinestesia até então desconhecida: ora um calafrio, como se, sem proteção, eu estivesse prestes a saltar de paraquedas, ora uma onda febril e um violento pudor por me ver desnuda, todas as cicatrizes, sempre escondidas, inclusive de mim mesma, agora aparentes. Experimento o cheiro de infância, um gosto amargo da dor. Esquivei-me da abstração num monólogo ou diálogo — não sei ao certo, porque outras vozes se juntaram ao coro — com meu *alter ego*, que tentava me persuadir, num desatino sem fim.

— *Você precisa seguir em frente, pois sabe o quão importante é dividir com o mundo a sua história, cuja narrativa pode inspirar a libertação de outras mulheres na mesma condição.*

— *Ah, por favor, tente entender que este passado não é só meu. Sua trama é permeada por diversas vozes, das quais terei que me apropriar para tentar reconstruir e dar sentido à escrita. Será preciso recolher e recriar as reminiscências, considerando que uma história com um número plural de personagens pode ser contada sob várias perspectivas. Eu tenho medo de perder alguns elementos de continuidade narrativa, de conexão com o tempo e o espaço. Preciso confiar nas minhas lembranças, pois é a minha experiência. Me diz como posso lidar com o doloroso esquecimento do nome ou do rosto de alguns irmãos, como Jocasta não podia se lembrar de Édipo? Sim, eu era muito pequena para lembrar deles. Mas, então, por qual motivo coube a mim trazer à tona os vestígios de um passado tão fragmentado?*

Meu *alter ego* rejeitava meus argumentos e insistia em que eu estava andando em círculos e me desculpando previamente por possíveis lapsos de memória. Exigia que, sem mais preâmbulos, eu fosse direto aos fatos.

— *O porquê não lhe diz respeito em nenhuma medida, ao menos no momento. A parte que lhe cabe nessa etapa é elementar: registrar, como portadora, o testemunho, antes de passar o bastão da história. Sua memória é conexão e portal para a posteridade.*

Percebendo sua impaciência, eu argumentava que precisava tomar fôlego; era uma questão demasiadamente subjetiva, que carecia, sim, de um ritual. E se fiz as advertências supracitadas, é porque eu sabia que, na reconstrução das memórias diláceradas — uma colcha de retalhos, a princípio vertiginosa —, eu corria o risco de encaixar algumas peças dissonantes. Embora meu *alter ego* parecesse ter o dom da retórica, finalmente ele esgotava os argumentos e demonstrava impaciência:

— *Eu entendo a sua dificuldade de começar o assunto, mas o desconforto é inevitável! Que tal começar pelo que você se lembra? Você sabe que precisa resolver o passado para se libertar dele. Portanto, não se importe com a desordem caótica das lembranças, apenas conte!*

REMINISCÊNCIAS: DESPERTANDO OS ESQUECIMENTOS DA MEMÓRIA

A escrita é uma ferramenta para penetrar naquele mistério, mas também nos protege, nos dá um distanciamento, nos ajuda a sobreviver. E aquelas que não sobrevivem? Os restos de nós mesmas: tanta carne jogada aos pés da loucura ou da fé ou do Estado.
Glória Anzaldúa[1]

Tentei deslocar-me no tempo até a minha infância a fim de contar esta história. Por muito tempo, renunciei ao meu passado. Mas ele estava lá, indelével, tangível, não importava o quanto tentasse ignorá-lo. Era só fechar os olhos e enxergá-lo implacável, diante de mim, determinando meu presente, como um fardo. Revisitá-lo conscientemente era trazer à tona a melancolia inerente ao processo de rememorar. Fiz um esforço, e as lembranças vieram, a princípio, devagar. Depois, numa fluência um tanto caótica. Vi fantasmas tão nítidos, ouvi vozes desconhecidas, senti um delicioso cheiro de terra molhada. Sensações trouxeram memórias fragmentadas. Deixei-as fluir e tentei encaixá-las no tempo, identificar os personagens, de forma que fizessem sentido. De repente, um filme se passava bem diante de mim. Mesmo impactada, decidi relatar.

Nasci numa fazenda, no estado do Paraná, mas meus pais nasceram em Vitória da Conquista, Bahia. Dentre as lembranças familiares, muito distantes e segmentadas, minha mãe contava que fugiu de casa porque, pouco antes dos 15 anos, seu pai a prometera em casamento a um rico comerciante de 45 anos, dono de um armazém (em que, naquela época, vendia-se de tudo, desde arroz a granel até tecidos), em troca do perdão de uma dívida. Falido e sem perspectivas sobre a quitação do débito, meu avô aceitou a proposta sem titubear, já que o pretendente era, ainda, um bom partido. Compromisso firmado, meu avô fez apenas uma exigência: o casamento seria depois que minha mãe completasse 16 anos. Mamãe me contou que era muito comum naquele lugar esse tipo de arranjo, no qual o patriarca determinava o casamento de suas filhas conforme lhe fosse conveniente, não cabendo a elas resistência. Apesar de não confrontar a decisão paterna abertamente, minha mãe decidiu que não se casaria com o noivo arranjado porque estava apaixonada por um jovem que ela namorava escondido: meu pai. Entretanto, era fato que meu avô — branco de olhos azuis, família conservadora de origem portuguesa — jamais iria aceitar o namoro da filha com um homem negro, sem posses. Além disso, a palavra naquele tempo era um pacto indissolúvel: se meu avô prometera a filha em casamento, ele honraria o compromisso. Foi por isso que, quando minha mãe completou 16 anos, ela fugiu para o Paraná com o meu pai e nunca mais retornaram à terra natal.

Quando chegaram de Vitória da Conquista para morar no Paraná, meu pai foi trabalhar na lavoura de café. Minha mãe era praticamente a única mulher branca morando na fazenda, então meu pai nutria por ela um ciúme doentio e a mantinha praticamente em cárcere privado. Ao sair, rastelava o chão, de modo que o solo ficasse uniforme e escondia o rastelo. Se algum estranho visitasse mamãe, deixaria as pegadas no chão. Era a forma que ele encontrava de controlá-la. Ela quase adoeceu pelo longo tempo que ficou sem tomar sol. Por sorte, alguns vizinhos interferiram na situação. Depois que ela deu à luz o primogênito, os ciúmes diminuíram.

Mais tarde, quando reunia os filhos para falar sobre o passado, ela nos confessou que não se unira com papai por amor, mas para livrar-se do casamento arranjado. Após o nascimento do primeiro filho, ela mandou uma carta, avisando à família na Bahia que estava bem. Meu avô respondeu dizendo que, para ele, ela era uma filha morta. Nunca mais se corresponderam, embora mamãe mantivesse a memória familiar viva. Dessa forma, os perpetuou ao contar aos filhos as histórias de lá, quando todos se aconchegavam ao seu redor a ouvi-la contar os "causos". Eu sentava entre as pernas e com a cabeça apoiada no colo materno, sentindo seus dedos se emaranharem nos meus cabelos, num afago aprazível dono do meu sono mais sereno. Por meio de seus relatos, desde que me entendi por gente, imaginava meus ascendentes, como se os conhecesse bem; e visto que o esquecimento era inevitável, logo eu sentia saudades da lembrança e perguntava novamente:

como eram o meu avô, minha avó, minhas tias? E mamãe recontava sobre eles, com riqueza de detalhes. Quando ela os lembrava, seus olhos brilhavam num contentamento nostálgico. Eu fechava os meus e podia vê-los, assim como ela os descrevia.

Surpreendentemente, quase 40 anos depois, motivada pela obstinação de recuperar minhas raízes, encontrei parte da família de Vitória da Conquista, que sequer sabia da minha existência. Desde que tive acesso à internet, empreendi inúmeras tentativas de encontrá-los por meio dos mecanismos de pesquisa, desde o tempo do extinto *Orkut*; todos os esforços frustrados. Precisamente em 2014, fiz um rastreamento minucioso no *Facebook*, buscando pelos sobrenomes "Assis Vieira" e "Fortunato Araújo", combinados ou avulsos, na esperança de encontrá-los. Reproduzo, na íntegra, a mensagem que enviei às pessoas com as quais, por intuição, cogitei a possibilidade de parentesco:

— *Eu sei que você não me conhece, mas queria pedir sua ajuda para encontrar minha família. Sou neta de Ornélio Assis Vieira e Clemência Maria de Jesus, daí de Vitória da Conquista. Minha mãe, Édina Assis Vieira, foi para o Paraná, fugindo com Vicente Fortunato Araújo, também aí de Vitória da Conquista. Se você souber de algo que possa me ajudar, serei eternamente grata. Obrigada, Clarice.*

De muitos, não obtive resposta; outros desejaram sorte, mas desconheciam qualquer proximidade familiar. Quando já desacreditava no êxito da minha procura, recebi, em 15 de maio de 2014, a mensagem de Rafaella, uma prima distante, que, igualmente, reproduzo literalmente:

— *Você está de brincadeira comigo, moça?*

Diante da mensagem, meu espírito foi invadido por uma confusão gigantesca, sem imaginar o que estaria por vir. Ansiava saber o porquê da perplexidade da minha interlocutora. Possivelmente, o presságio de um parentesco ou a suspeita de que eu estivesse blefando a assustara.

Depois de um hiato silencioso que me pareceu uma eternidade, em 17 de maio de 2014, Rafaella diz:

— *Clarice, eu sou bisneta de Ornélio e Clemência; ouço muito falar de seus pais, que são meus "primos". Depois que cheguei em casa, falei para minha mãe, que disse para eu falar com a minha tia, que mora ao lado. Resultado: minha tia disse que é verdade, sua mãe saiu muito cedo de casa e foi pra SP* (todos acreditavam que minha mãe tivesse ido para São Paulo; aliás, há divergências nas versões desta história. Vou ficar com a que a minha mãe contava). *Um ano depois escreveu uma carta dizendo que estava bem e que tinha tido uma filha. Foi a última vez, desde então, não se teve mais notícias dela. Quando contei de você para minha tia, logo ela começou a chorar.*

Rafaella seguiu com mil perguntas. Eu, quase simultaneamente, a interrompi:

— *Você não está brincando, está? Desculpa, Rafaela, eu estou emocionada, não tenho como falar. Eu estou tão feliz, tão feliz, mas preciso de um tempinho, você também precisou.*

Eu necessitava de tempo para processar o que acabara de descobrir. Buscava compreender aquele arrebatamento tresloucado que atravessava todo o meu ser. Meu corpo trêmulo, choro e riso se misturavam. O coração quase explodindo o peito. Abrandada a primeira euforia, veio a vontade de fazer perguntas por tanto tempo silenciadas; queria saber quem eram os outros; ir para lá naquele instante. Não era possível, eu estava com uma grande demanda de trabalho e concluindo o mestrado.

Em dezembro do mesmo ano viajei para Vitória da Conquista, a fim de encontrá-los. Na bagagem, excesso de sentimentos conflituosos: ansiedade, medo, frenesi, expectativas, contentamento. Dessas emoções, a mais tangível era o medo; o presságio assombroso de abrir a "Caixa de Pandora" — a mulher do mito grego que, ao ceder à curiosidade, libertou todos os males da Terra. De fato, é assustador ir ao encontro de um passado desconhecido, mesmo quando tão desejado. Subitamente, na minha trajetória, novos atravessamentos; foi preciso espaço e tempo para reorganizar a babelização de sensações dentro de mim.

Surpreendentemente, o deslumbramento da chegada: uma sensação de "casa", mesmo que itinerante; de desconforto construtivo; de se redescobrir "eu" em outras existências: um reconhecimento ancestral real; a descoberta de partes absolutamente insuspeitadas de mim, a junção de recortes do passado com o presente, redesenhando harmoniosamente o percurso da minha história. Os desdobramentos de tais descobertas me acertaram em cheio as estruturas.

A casa dos meus familiares de Vitória da Conquista ficava no bairro Bruno Bacelar, uma comunidade periférica dominada pelo tráfico. Ao chegar, avistei a casa da minha tia, uma construção simples, com um muro alto de terra batida que funcionava como uma espécie de proteção contra a corriqueira troca de tiro entre traficante e desafetos. Na casa se viam várias marcas de tiros. Antes mesmo de adentrar, minha tia foi abordada por um funcionário da EMBASA (Empresa Baiana de Águas e Saneamento S.A.), informando-a sobre o corte do abastecimento de água. Eu tentei argumentar com o trabalhador da companhia que ele não podia deixar uma senhora idosa sem água. Disse, ainda, que poderia pagar as faturas vencidas, era só me informar o valor e obtive como resposta:

— *Moça, eu só estou fazendo meu trabalho, eu não fico feliz em ter que cortar a água de ninguém. Eu não posso receber o pagamento. A essa hora (era próximo das 17h), a empresa está quase fechando, não dá tempo, mas amanhã você pode ir lá, pagar as faturas e a taxa de reativação, e a gente volta para religar.*

Vi a mais absoluta humildade nas palavras daquele trabalhador; devia ser penoso para ele desempenhar tal função, então me desculpei pela revolta. Minha tia parecia muito habituada com aquela situação, mesmo assim, mostrou-se constrangida por ser abordada diante da minha presença, justamente quando eu acabara de chegar.

Após a partida do funcionário da companhia de água, entramos na casa. Eu e minha tia nos observamos, olhares curiosos e perscrutadores a princípio, depois nos perdemos numa contemplação minuciosa por um instante desmedido, uma eternidade; eu, tentando reconhecer traços de descendência materna. E, sim, reconhecia muita semelhança materna em minha tia, uma senhora franzina, cabelos grisalhos, lábios finos, pele marcada pela expressão do tempo. Mas os olhos... ah, os olhos fundos e expressivos, iguaizinhos aos da minha mãe; aí fui atravessada por um sentimento de pertencimento. Tão imprevisto aquele arrebatamento despertado no coração; um laço de ternura adormecido, um amor transcendente que eu nunca havia experimentado. Lágrimas irromperam... e cessaram na medida em que o pequeno hiato entre nós se estreitou num longo abraço, como o fluxo de um rio a desaguar num oceano de águas tranquilas.

Passado o primeiro contato, faço perguntas sobre todos os que moram ali. Minha tia teve três filhos, Edimar, Silvaneide e Silvanete. No pequeno terreno, além da casa da minha tia, havia a casa de Silvaneide, ou "Silvinha", casada — mãe de Caroline, com dez, e Felipe, com quatro anos de idade — e desempregada. O marido trabalhava como autônomo construindo gaiolas no fundo do quintal e as vendia por 50 reais cada. A renda era incerta, já que havia semana em que não se vendia nenhuma gaiola. É por isso que compartilhavam água e eletricidade com minha tia, mas raramente contribuíam com o pagamento das faturas.

Moravam na mesma casa com minha tia, Silvanete — ou Netinha, como era chamada — e sua filha Nicole, de sete anos. Com deficiência intelectual, Netinha não trabalhava. Havia, ainda, Matheus, três anos, neto de que minha tia cuidava, enquanto o pai trabalhava durante o dia. Tantas bocas para alimentar, tão poucos recursos. Era absolutamente compreensível a aposentadoria ser insuficiente para pagar água e luz. A comida era escassa. Com quatro crianças na casa, minha tia fazia o milagre da multiplicação para sustentar a todos. Sorte que havia muitas frutas que os pequenos saboreavam enquanto brincavam pelas redondezas.

No primeiro dia lá, comprei 10 pães para o café da manhã, mas percebi que eram insuficientes. As crianças queriam comer mais de um e a minha tia os repreendia dizendo que havia outras pessoas para comer. Eu intervinha:

— *Deixa eles comerem, tia! Depois eu compro mais.*

E nos próximos dias passei a comprar 20 pães e disse a ela para deixá-los comer à vontade. Fui ao mercado com as crianças. Comprei os pães, coca-cola e um pote de sorvete de 2 litros com que, ao chegar em casa, elas se deliciaram. Nos próximos dias, elas me acompanhavam quando ia comprar pão. Deixava que escolhessem um picolé e via olhinhos brilhantes de contentamento. Eu passava muito tempo com elas durante o dia; quando não estavam na aula, me acompanhavam aonde quer que eu fosse. Com o passar dos dias, elas estavam tão apegadas que pediram para eu trazê-las comigo. Era Nicole quem mais insistia.

— *E sua mãe, Nicole? Você vai deixá-la aqui?* — Eu argumentava.

— *Você pode ser a minha mãe* — ela respondeu prontamente.

— *Não, eu não sou sua mãe, sou sua prima. E, se levar você, sua mãe vai sentir sua falta, você ficará com saudades e vai querer voltar.*

A conversa se encerrou, mas continuou ecoando dentro de mim. Me tocava profundamente perceber o quanto as crianças eram carentes não só de coisas materiais, mas também de afeto e atenção.

Hora de ir para a aula. As crianças não haviam organizado o material escolar, se vestido ou se penteado. Diante disso, a mãe ralhava ou até batia nelas. Bater era uma forma de "disciplinar", como aquela mãe também tinha sido criada. Passei a pentear as crianças e ajudá-las a se vestir para que não se atrasassem. No tempo livre, passeamos pela redondeza e elas me explicavam tudo sobre lá; a casa em que haviam morado e que agora era um terreno baldio; um matagal que seria o lugar onde os traficantes desovavam cadáveres de desafetos (parecia ser natural para elas ter contato com esse cenário tão macabro). Lembrei da minha infância quando a violência caminhava lado a lado comigo a atormentar cotidianamente. Contudo, aquelas crianças não pareciam amedrontadas. Talvez porque elas tivessem nascido ali e não conhecessem outra realidade.

Vésperas de partir e o meu coração já estava apertado, antecipando o quão difícil seria a despedida. Eu estava introspectiva, falando pouco, a divagar pelos pensamentos. Nessa noite, meu primo Edimar, de quem fiquei muito próxima, me convidou para um bar onde, segundo ele, faziam o melhor espetinho da cidade.

— *Você gosta de cerveja?* — perguntou ele. Fiz um gesto afirmativo com a cabeça. Ele, então, acrescentou:

— *Então vou te levar lá, você vai adorar.*

A noite foi muito agradável. O espetinho fazia jus à propaganda, era delicioso. Fomos embora tagarelantes e felizes. Despedir do meu primo ao fim da noite girou dentro de mim um gatilho que fez transbordar um mar de emoções, e me rendi ao choro compulsivo. Meu primo me consolava sem entender aquela mudança repentina de humor. Eu sofria antecipadamente a dor emocional da despedida.

No dia seguinte, quis aproveitar os últimos momentos com a minha tia e conversávamos em tom de despedida quando chegou uma vizinha que era da Umbanda. A mulher me lançou um olhar penetrante, os olhos esbugalhados. Fiquei impressionada. Ela percebeu. Disse que eu não precisava ficar assustada, mas que foi tomada por um espírito forte ao me ver e que tinha uma mensagem pra mim.

— *Você não vai entender agora mas eu preciso dizer que você tem uma missão e ela não acaba aqui.*

Minha tia tentou mudar de assunto sem sucesso. Eu, arrebatada pelo clima místico e igualmente impressionada pelo olhar perturbador daquela mulher, perguntei qual seria a missão. Sem desviar os olhos dos meus, ela respondeu:

— *Eu não tenho todas as respostas e não posso falar mais do que fui incumbida de dizer, mas você vai descobrir.*

Hesitei: "ela está blefando!" Não quis insistir por detalhes porque restava pouco tempo com minha tia.

A despedida, uma combinação de choro, dor e vazio. Minha tia pediu que eu não os esquecesse, que não demorasse para voltar.

— *É claro que não vou esquecê-los, tia, nem que eu quisesse. Voltarei muito em breve.*

Não voltei. A vida me levou para caminhos muito distantes. Porque, sim, eu tinha uma missão, por mais que naquele momento eu não houvesse ainda compreendido qual era.

No retorno para casa, um turbilhão de emoções me atormentava. Eu me perguntava se teria sido justo ter ido lá. Eu temia que a minha visita despertasse esperanças impossíveis de alimentar; por mais que eu tenha falado que também era pobre e não tinha trabalho estável. Por mais que eu tenha usado roupas simples, todos me tratavam como se eu fosse especial. Eu não teria respostas para essas questões, não ainda. Por algum tempo, a ausência de certezas se fará presente. Nesse mesmo tempo, creio num retorno — real ou imaginado — em que essas dúvidas que inquietam o meu espírito se iluminem e se transformem num elo de experiências do passado que, no presente, sustentam minha existência.

Das rapsódias vivenciadas na viagem, a mais inefável, sem equívocos, foi reconhecimento dos olhinhos azuis-claros da minha mãe nos olhos da minha tia; as mãos eram idênticas. Corajosa e destemida — uma dose de teimosia, que também herdei — igualzinha a minha mãe. Quiçá, não uma rapsódia, um poema inteiro. O que eu podia fazer senão suspender o tempo — como queria o anjo de Klee — e contemplar cada segundo daquele milagre traduzido num jogo de espelhos, passado e presente entrelaçados: meus olhos nos olhos da minha tia, que refletiam os olhos de mamãe? Nunca mais serei a mesma. Quando a convergência de tantos rios deságua na minha existência, me canso de ser uma só e encaro o nobre exercício de ser "eus".

Se o relato soa metafórico, é pela impossibilidade de traduzir em palavras mais concretas a experiência daquela descoberta. Regressei com a sensação de que o tempo foi insuficiente para preencher os hiatos afetivos; para reescrever os vazios da minha memória de todos os períodos em que não estive lá.

AURORA AGRESTE: LEMBRANÇAS DA INFÂNCIA NA FAZENDA

> *Mesmo que estivesse em uma prisão, cujos muros não permitissem que nenhum dos ruídos do mundo chegasse a seus ouvidos, o senhor não teria sempre a sua infância [...]? Volte para ela a atenção. Procure trazer à tona as sensações submersas desse passado tão vasto; [...] E se, desse ato de se voltar para dentro de si, desse aprofundamento em seu próprio mundo, resultarem versos [...] neles seu querido patrimônio natural, um pedaço e uma voz de sua vida.*
> **Rainer Maria Rilke**[10]

Por volta de 1980 — não sei precisar exatamente o ano — morávamos numa fazenda entre os municípios de Guairaçá e Terra Rica, no estado do Paraná. Era um ambiente bucólico, sem qualquer toque urbano. A iluminação era provida por lamparina à base de querosene, uma por cômodo. O mictório ficava fora de casa, por causa disso, à noite, as necessidades fisiológicas eram feitas num penico, que ficava sob a cama. Na manhã seguinte, o penico era esvaziado no mictório. Quando se esqueciam de esvaziá-lo, o quarto era tomado por cheiro fétido de urina. Próximo às casas, corria um rio raso de água límpida e mansa, no qual as mulheres passavam quase toda a manhã lavando roupa da família com sabão de soda feito em casa, a cantar e prosear, enquanto as peças mais encardidas quaravam na relva. Depois iam embora, levando na cabeça uma bacia cheia de roupas limpas, que seriam estendidas em grandes varais, ao chegar em casa. A água potável para cozinhar e beber era puxada manualmente, com baldes amarrados em cordas, de poços artesanais. Na cozinha, o fogão a lenha era aceso às cinco da manhã para que o café fosse servido antes de partirem para mais um dia de trabalho na lavoura de café.

As moças que não iam trabalhar na lavoura se encarregavam de cuidar das crianças menores, além de manter a casa limpa e organizada. Assim que acordávamos, elas nos penteavam. Isso era uma verdadeira tortura para nós, que tínhamos cabelos bem crespos, difíceis de desembaraçar. Minha irmã puxava tanto, que eu sentia arrancar o couro cabeludo. Eu chorava de dor e fazia birra para não ser penteada. Aí, logo ouvia de mamãe: — *Quem mandou puxar o 'cabelo ruim' do seu pai?* — Ou: — *Quem mandou ter cabelo sarará?* — Engolia o choro e pensava comigo: "por que não nasci com o cabelo de mamãe? Por que fui parecer logo com o papai?" Dessa vez a revolta era silenciosa. Não queria que ela apontasse, de novo, meu cabelo 'ruim'.

Da mistura genética entre meu pai — pele e olhos negros — e minha mãe — branca de olhos azuis —, nasceram filhos com as mais diferentes características: loiro de olhos verdes e cabelo afro; negro com olhos verdes e cabelo crespo; branco com olhos esverdeados e cabelo encaracolado; e assim por diante. Por essa razão, na fazenda, ouviam-se rumores de que os filhos loiros eram de outro genitor. Meu pai, inclusive, quando brigava com minha mãe, afirmava isso para vê-la zangada. Já eu, nasci à imagem e semelhança dele, a pele um pouco mais clara, o nariz um pouco menor, no resto era idêntica fisicamente: "cara de um, focinho do outro", diziam. Já a personalidade foi herança materna.

Voltando à vida na fazenda, mamãe também trabalhava na lavoura na época de colheita, mas sua ocupação era basicamente com os afazeres domésticos. Na velha máquina de costura *Elgin*, presente de papai, ela costurava roupas de tecidos e retalhos para vestir todos os filhos.

Café, arroz, farinha, feijão e a maioria de tudo o que consumíamos era colhido no local. Não era necessário, ainda, comprar carne ou ovos. Cada família tinha uma criação de porcos, galinhas e uma horta no quintal de casa. Além disso, a propriedade tinha um rebanho de gado a perder de vista, para produção de leite e carne. Nas datas festivas como Natal, Ano Novo e Páscoa, o patrão sacrificava animais e distribuía entre os empregados. Sem geladeira ou *freezer*, a carne não consumida de imediato era salgada e colocada para secar ao sol. Desse modo, tínhamos um suprimento para aproximadamente um mês. Cada família recebia apenas um litro de leite por dia, mesmo com bebês pequenos. Eu e meus irmãos fomos "desmamados" muito cedo. Embora amássemos leite, não podíamos tomar, porque os bebês tinham prioridade, já que o leite materno não era suficiente. Naquela época, as mulheres da fazenda não usavam anticoncepcional, e, consequentemente, engravidavam tão logo acabasse o período de quarentena. Por isso, acontecia de ter, em casa, um bebê com pouco mais de um ano e outro recém-nascido. Ironicamente, era minha tarefa e dos outros irmãos, um pouco maiores que eu, ir à sede buscar o leite. Andávamos uns três quilômetros, de manhãzinha. A abstinência fazia-nos elaborar planos mirabolantes para beber um pouco de leite no caminho sem mamãe desconfiar, mas a longa caminhada nos deixava com tanta fome que acabávamos comendo manga ou melancia que encontrávamos pela estrada. Rezava a lenda que se misturássemos leite com algumas frutas podíamos morrer, então, o leite sempre chegava intacto em casa. Numa dessas voltas para casa, eu me deslumbrei ao avistar uns pintinhos amarelos, um pouco distantes da galinha mãe. Eram tão fofos que não resisti à tentação de pegar um deles com minhas mãozinhas pequenas. Não fui mais rápida que o instinto protetor da galinha, que pulou em defesa do seu rebento e, com o seu bico afiado, arrancou um pedaço do meu supercílio direito. Muito sangue, chororô e nunca mais quis pegar um pintinho, sem me certificar da presença da mãe por perto. Até hoje me perguntam se a cicatriz na sobrancelha é de um *piercing* e tenho que contar a história inusitada. É uma marca aparente desta memória.

    A casa em que morava o fazendeiro era enorme, lembrava a casa-grande do período colonial, protegida por um imponente cercado de madeira maciça, porteira sempre trancada e um enorme jardim. Os trabalhadores só chegavam até o portão. Todos tinham curiosidade sobre a decoração interior da casa-grande. O pouco que sabíamos era pela senhora que trabalhava para a família, que, para a nossa frustração, era muito discreta. Havia rumores de que a louça era de porcelana, e as roupas de cama e banho, importadas. Não entendíamos para que uma casa tão grande e sofisticada, se apenas o administrador da fazenda permanecia lá alguns dias da semana. A família dele morava na casa da cidade, onde os filhos estudavam. Nas férias escolares e no final do ano, mudavam-se para a fazenda, e nós, curiosos, queríamos fazer amizade com as crianças. Elas, porém, eram proibidas de brincar conosco, com medo de pegar piolhos, talvez. Nós olhávamos de longe: eles da porteira para lá, nós da porteira para cá. Estranhávamos aquelas crianças, pele muito alva, esbeltas, cabelos bem cortados, roupas de bom corte e sapatos nos pés. Tão diferentes de nós: pele morena e queimada pelo sol, cabelos embaraçados, barrigudinhos, pés descalços, rostinhos sujos de manga. Apenas nossos irmãos maiores tinham chinelos, porque seus pés não cresceriam mais. As crianças só usavam calçados no batizado, para tirar fotos, mesmo assim era um ou dois sapatos para todos, de modo que apertavam ou eram muito grandes nos pés, o que fazia com que quiséssemos nos livrar deles tão cedo quanto possível.

Músicas e notícias chegavam apenas através de um velho rádio a pilha, difícil de sintonizar alguma emissora sem chiados. Mesmo assim, mamãe adorava ouvir radionovela, e ninguém podia lhe dirigir a palavra, enquanto ela acompanhava o folhetim com o aparelho colado ao ouvido. Radiola ou toca-discos eram artigos de luxo e ninguém na fazenda tinha. Televisão, então, nem em sonhos, até porque não havia energia elétrica, nem na casa-grande. Os "causos", ou as chamadas "histórias contadas", eram a única forma de diversão coletiva. Logo após o jantar, em noites de luar, os moradores se reuniam, nos bancos dos jardins ou terreiros, para contar seus casos pitorescos e, com sorte, cortejar alguma moça solteira. Narrativas de aventuras mirabolantes, sem pé e sem cabeça, deixavam-me fascinada, a sonhar noite adentro. Outros casos de mortos, assombrações, demônios e superstições eram motivos de terríveis pesadelos. Os narradores eram exclusivamente masculinos, cabendo às mulheres mostrarem-se impressionadas ou fazerem breves comentários, enquanto as crianças ouviam, num arrebatamento silencioso. As mesmas histórias eram recontadas e, de acordo com a astúcia e a imaginação do contador, ganhavam um destaque diferente, alterando enredo, personagens, clímax e verossimilhança. A nós, crianças, elas pareciam sempre inéditas e fantásticas.

Os namoros na fazenda eram cerimoniosos e recatados. Estava fora de hipótese contato corporal ou ficar moça a sós com o namorado. Nenhum pretendente se atreveu a pedir minhas irmãs em namoro (mais tarde entendi o porquê); contudo, com a morte de papai, vários se manifestaram. Todos se conheciam na pequena fazenda, então não havia muita escolha. Se mamãe simpatizasse com o aspirante, ela permitia o namoro. No ritual de cortejo, os namorados sentavam-se nas extremidades do sofá maior, com uma distância significativa a separá-los, enquanto mamãe, vigilante, sentava-se numa poltrona menor, comigo no colo. Bastava que ela piscasse as pestanas para os pombinhos estreitarem o hiato entre eles e tocarem as mãos. Mamãe despertava num salto e eles, noutro, realinhavam-se. Depois de muitos bocejos e cochilos, gentilmente, a anfitriã lançava indiretas a fim de dispensar o rapaz. E assim se fechava a noite, para a frustração do casal, apenas com um "boa-noite"! Comentava-se que os enamorados se encontravam fortuitamente para namoricar sem a vigilância de mamãe, mas eu era muito pequena e dessas coisas as crianças não tomavam parte.

Os moradores da fazenda eram extremamente conservadores. Certa vez, depois que meu pai já não estava conosco, minha irmã Noêmia vestiu um *short jeans* bem curto e saiu pela fazenda, o que jamais ousaria enquanto meu pai estivesse vivo, porque se o fizesse levaria uma surra de ficar com o corpo marcado. Mas Noêmia era dona de uma personalidade transgressora, gostava de ir às discotecas na cidade, usar minissaia e dançar ao som de "Conga, Conga, Conga", da cantora Gretchen. Nesse dia fatídico, brincávamos pelo quintal, quando veio outra irmã nos chamar para socorrer Noêmia, que estava sendo espancada pelas moradoras da fazenda. Quando chegamos para acudi-la, havia várias mulheres agredindo-a com chutes, puxões de cabelos e xingamentos de baixo calão. Ameaçavam-na dizendo que, se ela continuasse a se vestir de forma a provocar os homens casados e desvirtuar as moças da fazenda, da próxima vez ia ser pior. Quando chegamos em casa, minha irmã estava toda rasgada e com hematomas por todo o corpo, provocados pelos chutes. Eu não conseguia entender o motivo de tamanha fúria, nunca havia visto hostilidade parecida entre mulheres.

Mensalmente, após receberem seus salários, os "boias-frias", como eram chamados os empregados da fazenda, subiam na carroceria de um velho caminhão rumo à cidade para comprar, a preço de ouro, artigos como sal, açúcar, trigo, querosene, pilhas para os rádios e tecidos nos armazéns. Ali gastavam quase tudo que recebiam por um mês de trabalho árduo, desde o nascer ao pôr do sol. O que sobrava do dinheiro era gasto pelos homens com muita cachaça nos botecos, para fazer hora, enquanto as mulheres se encarregavam da compra até o final da tarde. No caminhão, somente as crianças maiores eram permitidas. Era um trajeto muito perigoso. Os trabalhadores iam amontados, em pé, com a estrutura da carroceria caindo aos pedaços. No retorno para a fazenda, com toda a carga de compras, o desconforto e o perigo aumentavam. Era comum os homens ficarem o dia consumindo bebida alcoólica e, na volta, bêbados, discutirem e brigarem. Na confusão dessas brigas, com o caminhão em movimento, se caísse um deles, era morte certa.

A primeira vez que fui à cidade eu devia ter uns seis anos de idade. Papai já havia falecido. Eu estava fascinada, olhinhos curiosos e assustados como bicho do mato, a perscrutarem todas as novidades da cidade. Acompanhada de minha mãe, entrei num banheiro de descarga hidráulica, apavorada com o barulho, temendo cair e ser sugada pelo vaso sanitário, recusei-me a usá-lo e fiz xixi no chão. Depois de comprar os itens de necessidade básica, fomos a uma lanchonete e ali provei refrigerante pela primeira vez. Era Tubaína, uma bebida gaseificada sabor guaraná, muito típica na época. Tive a impressão de estar bêbada quando as bolinhas gaseificadas subiram pelas narinas e encheram meus olhos de água. Devolvi o copo: — *Quero isso, não, mãe. Parece pinga!*

A família era numerosa, de tantos irmãos que não cabiam à mesa. Os menores comiam debaixo dela. Os maiores, espalhados pela casa. Não havia talheres para todos, comíamos com as mãos. Era sagrado: o primeiro a comer era meu pai, depois mamãe nos servia, e, por fim, a ela mesma. A casa dos trabalhadores da fazenda eram iguais: três dormitórios: um para o casal; no outro, uma cama de casal e outra de solteiro, onde dormiam as seis mulheres. No outro cômodo dormiam os quatro meninos. Na minha lembrança eram quatro, porque meu irmão mais velho havia partido para Santa Catarina quando eu ainda era bebê de colo. Minha mãe trouxe ao mundo dezessete filhos, todos de parto normal, com a ajuda de parteiras. Apenas onze sobreviveram. Uns nasceram mortos, outros morreram recém-nascidos ou antes de completarem cinco anos. Foi o caso de minhas duas irmãs menores: a décima sexta, Alice, e a décima sétima, Doralice. Alice devia ter um pouco mais de três anos de vida, era como um anjo, leve e alegre como um dia de verão. Lembro-me dela a cantarolar feito pássaro feliz, embalada pela melodia do velho rádio de pilha: "ô coisinha tão bonitinha do pai". Ela morreu com febre alta, mas não se sabia ao certo de que doença. A cidade mais próxima ficava a cerca de 40 quilômetros de distância e não tínhamos carro, então, mamãe recorria aos chás e benzedeiras em caso de enfermidade. Acreditavam que, se isso não bastasse e a criança viesse a óbito, era vontade de Deus. A pequena Doralice ia aniversariar pela primeira vez quando morreu, também com muita febre e doença desconhecida. Faltavam na fazenda os recursos mais básicos. O povo daquela zona rural era ignorado pelo Estado e aceitava, resignadamente, o ciclo natural da vida. De tão pouco que se falava nos filhos mortos, já não me recordo o nome de todos, mas os vivos, eu costumo enumerá-los em ordem decrescente, como meio de mantê-los na memória: Reginaldo, Reinaldo, Rildo, Rosalvo e Rael (algo me diz que o nome era para ser Israel); as mulheres: Noêmia, Raílda, Eunice, Maria Aparecida, Sirlene de Fátima e eu, Clarice. Às vezes gosto do nome Clarice pela genialidade da Lispector; porém, outras vezes, me identifico tanto com o lado sombrio da autora e desgosto. Minha mãe disse que papai me deu esse nome e só mais tarde ela soube ser o mesmo nome de uma antiga namorada dele e isso foi motivo para mamãe não ser tão afetuosa comigo, o que mudou quando ele faleceu.

Sobre a convivência com meu pai, não há lembranças substanciais. Era um homem rude, de origem humilde. Não sabia ler nem escrever. Era introspectivo, e nunca foi de dar demonstrações explícitas de afeto. Lembro também de uma foto dele, eu no colo com uma chupeta azul, muito pequena. Era a única lembrança material paterna, mas mamãe a escondeu para que eu não me lembrasse dele, porque fiquei muito doente depois de sua morte. Uma lembrança doce é de quando ele voltava do bar, que ficava longe de casa, e trazia minhas guloseimas prediletas. Eu era o seu o xodó; mamãe dizia que era porque eu tinha o nome da ex-namorada dele. Às vezes ele se deitava no colo das filhas menores para elas tirarem os fios brancos, a cada fio retirado ganhava-se uma bala. Era um momento de raro carinho.

Meus irmãos menores de dez anos não iam para o trabalho na roça. Brincávamos juntos o dia todo e, ao final do dia, eles ficavam amedrontados com a volta de papai. Quase todos levavam uma surra e ficavam de castigo ajoelhados sobre grãos de milho por terem feitos estripulias. Mesmo os irmãos maiores apanhavam. Mamãe contava que um dia, ao saber que um deles fumava escondido, papai o fez comer um cigarro inteiro, enquanto apanhava. Outra vez, minha irmã mais velha estava namorando sem permissão. Ela apenas recebia cartas do pretendente e as escondia debaixo do colchão. Ao tomar conhecimento, meu pai a fez ler a carta e depois comê-la.

No entanto, a lembrança paterna mais marcante é justamente a primeira da minha vida. Eu, com cinco anos de idade: já anoitecendo, meu pai chegou em casa exausto, depois de uma jornada de aproximadamente 12 horas de trabalho na lavoura. Era comum minha mãe esquentar água no fogão a lenha e lavar seus pés e pernas numa bacia de alumínio. Os braços ele mesmo lavava. Chamavam esse meio-banho de "meia-sola". Eu, uma garotinha de cinco anos, reclamava a atenção materna aos berros, enquanto ela lavava os pés de papai. Irritado com o choro, ele levantou-se da cadeira e me surrou a chineladas.

Era só o primeiro incidente de violência da minha história, que mal acabara de começar.

Papai era mesmo violento e autoritário, não só com os filhos maiores. Eram constantes as brigas com mamãe, nas quais meus irmãos mais velhos intervinham para que não acabasse em tragédia. Por esse motivo, todos ficavam aterrorizados quando ele chegava em casa bêbado. Meus irmãos trabalhavam duro na lavoura de café, enquanto minha mãe se encarregava dos afazeres domésticos. Trabalhavam arduamente em prol de um sonho: comprar uma casa na cidade e se mudar para lá. Para isso, economizavam todo dinheiro que sobrava. Apesar disso, meu pai costumava ficar até uma semana fora e gastar muito dinheiro com bebida, jogo e mulheres. Certa vez, ele foi para a cidade vender umas sacas de café que havia recebido do fazendeiro, como pagamento pela empreitada. Hospedou-se num hotel e passou a noite a beber num bar próximo. Quando finalmente foi para a cama, dormiu com o cigarro aceso, provocando um incêndio no quarto. Apuradas as causas, ele foi obrigado, pela lei, a arcar com as despesas do incêndio. Tão grave foi o prejuízo que se gastou todo o dinheiro economizado. Esse episódio representou, para nossa família, não apenas um dano financeiro; ele também dizimou toda a esperança de sair daquele fim de mundo e o sonho de ter uma casa própria na cidade, depois de estarmos tão perto de realizá-lo. Foi um golpe muito duro para os meus irmãos. Mesmo muito pequena, lembro-me claramente de ver nos olhos deles uma dor cortante cada vez que se tocava no assunto. Frustrados, nunca mais trabalharam com afinco, eram obrigados a ir para a roça; não respeitavam papai, apenas temiam; o amor — se é que um dia houve — deu lugar a um profundo ressentimento.

A vida seguiu o curso, mas a convivência com papai não durou muito tempo. Meus irmãos estavam tão desmotivados no trabalho na lavoura, que o dono da fazenda, percebendo isso, reclamou com o meu pai e comunicou que ia diminuir a empreitada. Insatisfeito com a decisão, papai o confrontou, trocando sérias ofensas e ameaças de morte. Após o incidente, ele saiu de casa para procurar emprego em outra fazenda, apenas com a roupa do corpo e nunca mais voltou. Pelas ameaças do fazendeiro durante a briga, tínhamos certeza de que ele fora assassinado, mas, como vivíamos numa terra de ninguém, não foi possível prová-lo. Além disso, meus irmãos sentiram-se livres das agressões e abusos. Eu, ao contrário, sentia uma tristeza profunda diante da perda, tanto que adoeci. Tinha pesadelos, saía desesperada no meio da noite, procurando por ele, sem medo do escuro. Nos meus sonhos, ele aparecia dentro de um poço, oferecendo-me flores amarelas, as minhas preferidas. No momento em que eu tentava pegar as flores, ele sumia. Eu acordava chorando e corria em direção ao poço, na esperança de encontrá-lo. Tão recorrente era o mesmo sonho que minha mãe, supersticiosa, ficou impressionada. Com meus irmãos, resolveu checar o tal poço que existia, de fato, e estava desativado. Ao aproximar-se, avistou muitos urubus ao redor. Estes abutres só rodeavam em bandos quando havia algum cadáver em putrefação. Desconfiada, ela deslocou-se até a cidade para denunciar as suspeitas à polícia, que, com pouca disposição, abriu uma investigação. Ao chegar à propriedade, os agentes dirigiram-se primeiramente à casa do fazendeiro, onde conversaram por mais de uma hora, pelo que se sabe, apenas para um café, sem tomar o depoimento formal. Depois, com desinteresse, ouviram novamente as suspeitas de minha mãe, para finalmente dizer que a fazenda era muito grande e, portanto, não havia condições de procurar meu pai por uma área tão vasta. Sobre a hipótese de o corpo estar dentro do poço, afirmaram não terem trazido os equipamentos necessários para fazer a busca. Para confirmar as nossas suspeitas, no dia seguinte, o fazendeiro mandou aterrar o poço com um trator, já que os urubus aumentavam ao redor. Seria inútil ir à delegacia mais uma vez, era óbvio que os policiais haviam sido subornados.

Tínhamos esperanças de uma vida melhor após a morte de papai; porém, o que se seguiu foi um calvário. Após a denúncia das suspeitas do crime, a relação entre nossa família e o fazendeiro ficou turbulenta, até que, alegando que não empregava mulher, ele nos expulsou da propriedade. Havíamos nascido ali. Eu tinha apenas cinco anos, mas o dono da fazenda não se sensibilizou. O coronelismo regia as relações naquele lugar. Não havia leis trabalhistas para recorrer. Então, minha mãe, sozinha e desempregada, viu-se com oito dos onze filhos vivos (porque Reginaldo, o mais velho, como já disse, havia partido para o estado de Santa Catarina, e minhas irmãs, Eunice e Raílda, haviam fugido com os namorados), entre eles crianças e adolescentes, sem ter um teto para abrigá-los. Meus irmãos maiores foram morar com os padrinhos. As moças que já estavam na idade de casar, rapidamente, encontraram um marido. Não sei detalhar precisamente como aconteceu, mas de um momento para o outro, de uma família de onze irmãos, restamos apenas eu e mamãe.

FALE COM ELAS: VOZES MULHERES SILENCIADAS

Meus silêncios não me protegeram. Seu silêncio não vai proteger você. [...] pois não são elas [as diferenças] que nos imobilizam, mas sim o silêncio. E há muitos silêncios a serem quebrados.

Audre Lorde[11]

O título deste capítulo se refere ao filme espanhol *Hable con ella* (de 2002), roteirizado e dirigido por Pedro Almodóvar, que, numa interpretação pessoal, fala dos riscos de violação que correm as mulheres silenciadas.

Na minha história, eu falo de muitos sonhos. Sonhos que se tornaram reais, e outros que são muito recentes, que vieram depois de revisitar o passado. É um desejo profundo de trazer à tona narrativas familiares para que elas se conectem e se iluminem. Jogar luz às sombras do passado é uma forma de expurgar a dor, colocar as coisas nos seus devidos lugares. De tantas ruínas do passado, e de fantasmas desvanecidos, algumas lembranças me assombram mais porque devastaram a vida das mulheres da família. Além de ser violento com minha mãe e meus irmãos, meu pai abusava das minhas irmãs maiores.

Por costume, os corpos das mulheres da família eram propriedade paterna, portanto os abusos eram naturalizados. Esse assunto era silenciado, uma ferida dolorosa, principalmente para as vítimas dos abusos.

Tragicamente, a história se repetiu no presente. Um dos meus irmãos mais velhos estuprou as duas filhas. A primogênita foi abusada dos nove aos dezenove anos, quando deu à luz uma filha do próprio pai. Com a caçula os abusos começaram aos dez e se seguiram por sete anos, quando ambas já não suportavam mais as violações e espancamentos, denunciaram-no. Ao ser preso pelo crime monstruoso, ele alegou que seguia uma ordem divina, vozes que o impeliam a praticar os abusos, como forma de proteger as filhas do mundo.

Cogito visitá-lo na prisão, mas me falta coragem. No momento em que escrevo essas passagens, o meu coração está em frangalhos. Como posso encarar meu irmão estuprador das filhas, pai do próprio neto?

Mulheres silenciadas, sozinhas, no escuro sempre correram perigo. Precisamos juntar as vozes do passado e presente para que se possa romper com essas dores que se repetem, como um ciclo vicioso, e nos matam por dentro, impedindo-nos de sermos inteiras. Sonho com um futuro onde os próximos descendentes da família possam romper com o ciclo de violência e se libertem da herança de estigma e dor do passado.

Estou certa de que essa é uma página da minha história que preciso reescrever para responder a alguns porquês. Preciso enfrentar os meus medos, atar elos afetivos desfeitos pelo destino. Ao mesmo tempo, me pergunto: é possível carregar nos ombros o peso de tantos traumas coletivos? Qual a parte que me cabe desse espólio? São perguntas que ecoam no meu interior e que não consigo silenciar. É um capítulo em aberto onde o cursor pisca — como o tic-tac do relógio a anunciar que o tempo está passando — no espaço em branco da trama que aguarda desfecho. Pode ser que o resgate e a grafia dessa memória não caibam somente a mim, talvez seja humanamente impossível realizá-la sozinha. Enquanto isso, o cursor pisca ao mesmo tempo que vozes se juntam à minha, e nos imprimem em primeira pessoa. Falas que ecoam silêncios do passado. Vozes presentes.

NÓS, MORADORES DE RUA: VIDAS ÀS MARGENS

Há aqueles que imaginam o esquecimento como um depósito deserto, uma colheita do nada e, no entanto, o esquecimento está cheio de memória.
Mario Benedetti[12]

De todas as recordações, certamente, a fase de moradora de rua é a mais dolorosa. As lembranças não são tão nítidas, por mais que eu me esforce para recuperá-las. Vivíamos em situação de extrema vulnerabilidade. Além disso, era doloroso perceber que a nossa presença mendiga despertava nas pessoas mais medo que compaixão. Mesmo na impossibilidade de rememorar com detalhes o que vivi nas ruas, é impossível esquecer o que senti nos dias mais miseráveis de nossas vidas.

Depois que saímos do sítio, partimos para a cidade. Minha mãe planejava alugar uma casa e encontrar trabalho. Dentre as dificuldades, a mais absurda: não alugavam casa para mulher solteira. Mulher não podia assinar contrato. Era preciso ter um marido que o fizesse. Minha mãe logo arrumou um marido. Meu padrasto era conhecido por "Mineiro". Aliás, nunca soube o nome dele, só o conhecia pelo apelido. Era alcoólatra, não parava nos empregos e agredia mamãe. Sem dinheiro para pagar o aluguel, porque nenhum dos dois conseguiu emprego, nos tornarmos andarilhos.

Passamos a andar pelas ruas sem destino, de uma cidade para outra. Dormíamos em postos de gasolina, em casas abandonadas, em pontos de ônibus ou onde quer que tivesse um abrigo da chuva. Comíamos frutas pelo caminho, comprávamos comida com as esmolas que nos davam ou catávamos comida do lixo. As pessoas jogavam muitos restos de alimento fora. Eu costumava pegar muitas maçãs, desprezava a parte podre, limpava na própria roupa e comia. Mas, quando não encontrava maçã, e a fome me consumia, "garimpava" qualquer coisa comestível.

Pouco tempo depois que nos tornamos andarilhos, minha mãe ficou cega. Provavelmente, a cegueira era hereditária, mas um forte soco no olho, desferido pelo meu padrasto desencadeou tudo. Eles brigavam e nessas ocasiões ele batia muito nela; aliás, ambos se agrediam porque a minha mãe tinha um temperamento forte e nunca apanhou resignada. O fato é que ela já não tinha uma boa visão e, após o soco, foi perdendo a visão rapidamente até ficar completamente cega. Foi muito doloroso para mim vê-la assim. Era uma situação nova e eu não sabia como lidar com isso. Ela tinha lindos olhos azuis-turquesa, tão límpidos; eu não podia acreditar que eles não podiam mais ver a luz do dia. Me consolava pensar que, na cegueira, mamãe não veria mais o mundo feio em que vivíamos. Eu e meu padrasto éramos seus guias. Mesmo assim, a andança continuava. Eu não entendia por qual motivo não podíamos simplesmente ficar parados em uma cidade. De Nova Londrina íamos para Guairaçá, de Guairaçá até Loanda, e de lá até Paranavaí e, no fim, recomeçávamos todo o caminho novamente, como uma via-crúcis. No trajeto entre duas cidades, tomávamos água das poças de lama. Pequenos girinos agitavam-se freneticamente na água. Era preciso, então, coar com uma peça de roupa. Quem sabe o que é passar sede e fome desfalecente desconhece o nojo. É uma questão de sobrevivência. Ficávamos até três dias sem comer, a sensação de fome era cotidiana. Sentia meu corpo fraco e sem energias para a caminhada. As esmolas que nos ofereciam em dinheiro ficavam com meu padrasto, que gastava tudo com bebida e cigarro. Às vezes passávamos perto de um mercado ou padaria, eu, faminta, perguntava se havia dinheiro para comprar um pão. A pergunta deixava meu padrasto irritado e agressivo porque ele já tinha gastado tudo, para o meu desespero. Com o passar do tempo, com medo, eu já nem perguntava mais.

Algumas vezes, desmaiei de fome. Nas noites escuras, dormindo ao relento, tremia de frio porque não havia agasalhos suficientes. Mamãe me aquecia com seu abraço cálido e eu dormia sob o conforto das suas asas.

Por causa da aparência maltrapilha, as pessoas tinham pavor da nossa presença. Era como se tivéssemos alguma doença contagiosa ou fôssemos criminosos, mesmo minha mãe sendo uma senhora cega e de estrutura frágil, e eu, uma criança de uns sete anos, que pela subnutrição aparentava ter menos idade. Algumas vezes ganhávamos passagem de ônibus, para nos deslocarmos de uma cidade para outra. Para o nosso constrangimento, os passageiros reclamavam do mau cheiro, pois passávamos dias sem tomar banho. Mamãe passou então a recusar-se a tomá-los e só andávamos a pé.

De tempos em tempos, meu padrasto sumia. Num de seus sumiços, fomos abrigadas por um vigia de um posto de combustível; em troca, mamãe prestava favores sexuais. Eu estava acostumada com essas situações; sempre que transitávamos sem o meu padrasto de uma cidade para outra, os motoristas de caminhão que nos davam carona, pressionavam minha mãe a "pagar" dessa forma. Onde dormíamos no posto, o cheiro de gasolina e graxa era quase insuportável, porém nos sentíamos abrigadas e seguras ali; melhor que dormir no mato, sujeitas a picadas de insetos. Além disso, o vigia nos trazia pão e café todos os dias. Ficamos no posto por um tempo, até que minha mãe resolveu comentar com algumas pessoas o *affaire* com o vigia, que era casado. Enfurecido ao saber do comentário, ele expulsou minha mãe a pontapés e sob a mira de um revólver. Só não atirou, porque eu, desesperada e aos prantos, implorei:
— *Não mata a minha mãe, pelo amor de Deus!* — Fugimos às pressas dali e fomos dormir num matagal escuro, eu mal conseguia fechar os olhos, com medo de cobras e insetos peçonhentos. Além disso, a imagem frágil da minha mãe, mesmo cega, sendo covardemente espancada e ameaçada de morte por aquele homem, que por repetidas vezes a explorara

sexualmente, me tirou o sono por muitas noites. Tive pesadelos com a arma apontada para ela.

Após esse terrível incidente, continuamos a peregrinação de um lado para o outro. Por efeito da cegueira, minha mãe se perdia nos períodos do dia. Desorientada, ainda que fosse madrugada escura, se ela decidisse sair andando, teimava em fazê-lo, mesmo que eu relutasse. Foi o que aconteceu, numa madrugada em que dormíamos na varanda de um hospital. Eu estava exausta e morrendo de sono, quando ela decidiu ir não sei para onde, ao que eu argumentei: — *Mãe, estou cansada e com sono. Vamos dormir, ainda é noite!* — Como ela insistiu, me zanguei e respondi: — *Vai a senhora, eu não vou!* — Voltei a adormecer profundamente, só acordando horas depois, quando amanhecia. Assustada por não a encontrar, me pus em desespero a procurá-la chamando: —*Mãe, mãe!* — Ela só poderia se orientar pela minha voz. Perguntei para as pessoas que passavam por mim: — *Você viu minha mãe?* — Me sentia tão culpada! Por que desobedeci? E se algo acontece com ela? Nunca iria me perdoar. Depois de muito caminhar, encontrei-a perdida numa rua sem saída, tropeçando nos desníveis da calçada, tateando o ar com as mãos para se orientar. Quando ouviu minha voz a chamando, encontrou-se; esperou me aproximar e tomá-la pela mão para guiá-la, como fiz todos os dias, desde que ela ficou cega. Vê-la tão frágil e desamparada cortou meu coração. Lágrimas irromperam novamente, mas eram de alívio. Prometi a mim mesma nunca mais deixar de acompanhá-la, por mais cansada que eu estivesse.

Depois de dois anos nessa vida de andarilhos, estávamos na cidade de Nova Londrina, quando assistentes sociais resolveram nos ajudar. Conseguiram, através da prefeitura, um tratamento para minha mãe com um especialista oftalmologista em Curitiba. Tínhamos, porém, um impasse: eu não poderia ir com ela e não tinha com quem ficar. Minha mãe, sem o meu conhecimento, decidiu que eu iria para a adoção. Os adotantes era uma família rica, e várias vezes eu havia batido na porta da casa deles para pedir um prato de comida. No momento em que a família veio me buscar, eu me agarrei com todas as forças nas pernas de mamãe e comecei a soluçar desesperadamente. Eu não entendia muito bem o que estava acontecendo, mas me recusava a ir com aqueles desconhecidos. Minha mãe era meu mundo, e eu a amava mais que tudo, não iria me separar dela jamais, mesmo com a promessa de um lar confortável, de não passar mais fome, de poder estudar. Diante da cena dramática todos ficaram sensibilizados, não havia mais como levar a situação adiante; a adotante, sensibilizada, desistiu. Mamãe, bem mais comovida, disse que sem mim não iria a lugar algum. As assistentes sociais, então, mudaram os encaminhamentos, de forma que ficamos nós duas, num albergue em Curitiba, durante o tratamento.

A memória me falha quando tento reproduzir com exatidão o albergue. Lembro que um muro nos separava de algumas mulheres com problemas mentais, parecia um hospício. Durante a manhã, recordo que, juntas, as mulheres tomavam sol no pátio e lá mesmo eram cortados os cabelos delas, alguns raspados por infestação de piolhos. Aquelas mulheres tinham vários tipos de doença, do corpo e do espírito. Ficavam cantarolando e contando histórias sem nexo. Eu era a única criança naquele ambiente; meu corpo ainda era sadio, embora minha alma já trouxesse algumas marcas de experiências de dor.

Nos dias de tratamento no hospital, um carro da prefeitura nos levava e nos deixava lá. Somente nos apanhava de volta no final do período matutino ou vespertino. Depois dos resultados de uma série de exames, mamãe seria submetida a uma cirurgia, de acordo com o diagnóstico. No meu coração, tínhamos uma imensa esperança de que ela recuperasse a visão. No entanto, todo o processo era demorado. Íamos cedo para o hospital e esperávamos horas, muitas vezes com fome, até mamãe ser atendida. Num desses dias, cansadas de esperar, resolvemos andar pelas ruas de Curitiba. Havia um solzinho ameno que nos convidava a um passeio, a sair das dependências frias do hospital e irmos a uma praça que eu havia visto na vinda. Eu achava que sabia chegar lá, mas não tinha a menor ideia de onde estava, quando me descobri perdida. Uma criança guiando um cego numa cidade grande e desconhecida, não podia dar noutra coisa! Pela responsabilidade que eu tinha de cuidar de mamãe, eu me sentia adulta, mas, nessas horas de desamparo eu me redescobri uma criança pequena e frágil. Outra vez estávamos vagando, passando fome e dormindo nas ruas por um tempo que não sei determinar.

A noite era fria e assustadora, por isso, eu ficava acordada, vigiando. O que mais eu temia era ser estuprada. Entre os moradores de rua, havia muitos homens bêbados e drogados que dormiam muito próximos a nós. Acordávamos de manhã e não havia café, não havia nada para comer, nem mesmo água de poça. As pessoas passavam quase tropeçando na gente, assustavam-se e seguiam em frente. Para a maioria éramos invisíveis ou inspirávamos repulsa e medo. Poucas, mais humanas, tentavam amenizar nosso sofrimento com esmolas. Porém, nunca perguntavam do que precisávamos; deduz-se que o mendigo só precisa comer, então elas ofereciam comida perecível, como marmitas, iogurtes e outros alimentos. Era impossível guardá-los sem refrigeração para consumir depois. Desse modo, se tínhamos o que comer num dia, no outro a possibilidade era incerta. Doações de roupas, calçados e outros objetos não eram convenientes porque bastava cochilar para que algum morador de rua subtraísse.

Perto do Natal as pessoas, contagiadas pelo espírito natalino, doavam muitas roupas e brinquedos. Nessa época, eu ganhei um trenzinho de madeira colorido. Fiquei maravilhada com o presente; entretanto, quando despertei na manhã seguinte, ele havia desaparecido. No mesmo dia, à tarde, veio outro grupo doando mais brinquedos. Deram-me de presente uma boneca tipo "Barbie", que havia pedido ao bom velhinho (eu pedia todos os natais, mas minha mãe sempre dizia que eu não havia me comportado, por isso o Papai Noel não trouxera), acho que o nome da boneca era Suzi. Feliz, brinquei com ela até cansar. A felicidade foi breve. Naquele dia ninguém nos ofereceu comida e eu estava morrendo de fome. Um menino que vendia balas, chocolates e outras guloseimas nos sinais perguntou se eu queria trocar a boneca por doces. A fome era tanta, que eu, sabendo que já não teria o brinquedo no outro dia, sem relutar, fiz a troca. Depois veio a tristeza por me desfazer de algo que eu quis tanto, mas a fome era maior.

Tirando as pessoas que tinham medo de nós (a maioria) e as que fingiam não nos ver, as demais eram solidárias. Porém, de onde mais se espera solidariedade é de onde vem mais frieza. Lembro-me de que, cansada da hostilidade de algumas pessoas que nos expulsavam da frente do seu comércio, no qual buscávamos nos abrigar da chuva ou do sol, íamos dormir na frente da igreja. Imaginávamos que ali nos sentiríamos seguras. Contudo, os padres e as freiras passavam por nós constrangidos e, imediatamente, providenciavam a nossa retirada antes de começar a missa, para não constranger também os fiéis. Era certeza, podia contar no máximo dez minutos depois que os padres passassem, os policiais numa viatura vinham ordenar que nos retirássemos dali. Eu não me lembro de nenhum padre ou freira ter vindo nos oferecer ajuda; pelo contrário, só faltava tropeçarem em nós. Eu queria ser como um dos fiéis, que ninguém tivesse medo ou repulsa da gente. Quando a igreja estava aberta, eu me certificava de que não havia ninguém ali, então entrava, me colocava de joelhos e pedia que Deus curasse a cegueira de mamãe e nos desse uma casa e comida. Geralmente quando eu fazia isso, estava sozinha. A minha mãe ficava dormindo lá fora. Às vezes uma pessoa aproximava-se por trás e perguntava: — *Você sabe rezar?* — Sim, eu sabia! Eu rezava com fé e inocência comoventes até meus joelhos doerem. Mas aquele deus era dos ricos, eu ainda não sabia.

Depois de um longo período nas ruas, alguns agentes comunitários, ao saber que estávamos perdidas, dispuseram-se a nos levar de volta para o hospital. Minha mãe, porém, recusou-se a continuar o tratamento. Preferiu voltar porque queria reencontrar meu padrasto. Ninguém poderia forçá-la a se tratar. Assim, levaram-nos de volta para Nova Londrina.

Dessa vez, as mesmas assistentes sociais que providenciaram o tratamento para a minha mãe em Curitiba, colocaram-nos numa moradia da prefeitura e aposentaram minha mãe por invalidez. Nesse ínterim, meu padrasto estava já conosco. A casa era geminada, precariamente mobiliada, com três cômodos: cozinha, quarto e banheiro. No quarto havia apenas uma cama de casal na qual dormíamos minha mãe, meu padrasto e eu. A vizinha, que dividia a parede, era uma viúva aposentada, mãe de duas meninas. A maior era chamada pelo apelido de Ína e devia ter um pouco mais que 16 anos; a menor chamava-se Sueli, tinha mais ou menos a minha idade, por isso ficamos logo amigas. Eu a admirava porque ela já estudava e parecia independente e dona de si. Passei a imitar seu comportamento. Vendo-a de uniforme, indo para a escola e fazendo os deveres, meus olhinhos brilhavam de admiração. Tinha uma vontade absurda de estudar com ela. Um dia a vi escovando os dentes e pensei que eu devia escovar também; porém, creme e escova dental, para nós, eram artigos de luxo. A solução foi uma escova velha, que achei no lixo. Depois de lavada e fervida, comecei a usar, sem creme dental mesmo.

A vida estava muito melhor, já não passávamos fome ou frio, entretanto, meu padrasto gastava boa parte da aposentadoria da minha mãe com seus vícios. Ainda assim, pela primeira vez depois de anos, tínhamos um lugar para tomar banho, cozinhar e uma cama para dormir, sem medo de que chovesse ou de que nos expulsassem. Eu fazia com empenho os afazeres domésticos. Sim, eu sabia limpar uma casa, lavar roupa e cozinhar porque vi minhas irmãs crescerem fazendo isso, fomos criadas para sermos donas de casa. Contudo, eu era uma criança, corpo franzino. Algumas tarefas, como cozinhar no fogão a lenha, eram perigosas para mim. Entendi isso quando, certo dia, fui fazer café. Não tinha chaleira e por isso usava uma lata de óleo cortada para ferver a água. Quando fui coar o café, ao retirar a lata, o fogo levantou e queimou minha mão. Eu, instintivamente soltei a lata e os respingos de água fervendo atingiram em cheio a minha barriga. Bolhas enormes se formaram. Depois, a pele queimada ficou em carne viva. A roupa, quando colava na pele, causava uma dor insuportável ao desgrudar. Depois daquilo, eu ficava em pânico toda vez que ia fazer café e, assim que a água fervia, antes de pegar a lata, puxava um pouco a lenha do centro do fogo para abrandar as chamas. Eu ia, aos poucos, criando estratégias que aprimoravam meus afazeres domésticos e, aos poucos, fui me adaptando à minha função de dona de casa. Cresci um pouco mais, e de forma prematura, com as dores e as cicatrizes da queimadura. Compreendi que as tarefas de casa não eram como brincar de casinha. Passei a ter mais cuidado ao executá-las. Não era mais divertido, mas eu sabia que cabia a mim fazê-lo e fazia-o com leveza e afeto.

A rotina entre os estudos e os cuidados com mamãe e a casa transcorria num clima "quase" ameno. As coisas começaram a se complicar quando meu padrasto passou a beber cada vez mais. Chegava em casa embriagado e espancava minha mãe. Cortava o meu coração vê-la, cega e indefesa, ser agredida tão covardemente. Essas agressões eram constantes e, incontáveis vezes, apartei as brigas. À noite, eu não dormia, em vigília, com medo de que ela fosse morta porque ele já havia tentado estrangulá-la durante as brigas.

LAR, INSUSTENTÁVEL (AGRI)DOCE LAR

> *Peço-lhe que tente ter amor pelas próprias perguntas, como quartos fechados e como livros escritos em uma língua estrangeira. [...] Viva agora as perguntas. Talvez passe gradativamente, em um belo dia, sem perceber, a viver as respostas.*
>
> **Rainer Maria Rilke**[10]

A felicidade de um teto despertou o sonho de estudar. Olhava a vizinha de uniforme, indo para a escola e via-me no lugar dela. Agora eu quase podia tocar o meu sonho; eu tinha um lar e podia, enfim, estudar! Convenci mamãe e fomos nos informar dos trâmites burocráticos. Para fazer a matrícula, era preciso o registro de nascimento, que eu ainda não tinha. No cartório, eu mesma declarei a maioria das informações sobre meu nascimento, já que minha mãe não lembrava com clareza desses dados. Feito o documento, fui matriculada, pela primeira vez, numa escola. Eu me sentia transbordar de contentamento, pela perspectiva de aprender a ler e a escrever. Assim, comecei a me adaptar a uma nova rotina alternando, no período matutino, a escola e, no vespertino, as tarefas domésticas: cozinhar, lavar roupas, limpar a casa e cuidar da minha mãe. Foi então que recebemos a visita inesperada da minha irmã mais velha. Eu me perguntava: mas por que ela apareceu só agora que já estamos instaladas? Por que ela não apareceu quando morávamos nas ruas? Seria porque ela soube que minha mãe estava aposentada? Deliberadamente, ela decidiu levar-nos para morar com ela, numa zona rural da cidade de Guairaçá. O lado bom da mudança foi que nos livramos do meu padrasto, já que ele não estava em casa, quando saímos. Por outro lado, onde fomos morar não havia escola, para a minha frustração. E eu voltei a imitar as outras crianças estudando porque sentia falta de estudar.

Pouco tempo se passou, desde que estávamos morando na casa da minha irmã; era quase Natal, quando chegou Reginaldo, meu irmão mais velho, que havia fugido para o estado de Santa Catarina, quando meu pai ainda era vivo. Minha mãe, mesmo cega, quase morreu de emoção ao reencontrar o filho, depois de quase dez anos sem vê-lo. Conheci o meu irmão nesse momento; quando ele partira, eu era bebê de colo. Ele estava muito entusiasmado por reencontrar minha mãe e parte da família. Bem vestido e articulado, ele parecia muito bem-sucedido. Nos contava que Santa Catarina era uma terra de muito progresso. Que nos levaria para morar lá, nos tiraria daquela vida miserável. O retorno do filho pródigo seduziu-nos, renovou a esperança de uma vida melhor. E, assim, partimos, minha mãe, eu e a família da minha irmã, rumo à "terra prometida".

A viagem foi longa. Passamos por várias cidades até chegar em Pinheiral, Distrito de Major Gercino, onde o meu irmão morava com a família. Na chegada tudo era estranho: as pessoas, o clima, a comida, os costumes; até a língua parecia ser outra. Contudo, o que mais nos causou impacto foi o clima frio. Nos dias de inverno mais rigorosos, a água congelava dentro dos canos, o que nos obrigava a tomar banho num riozinho que passava no fundo de casa, com a água gelada, antes de sair cedo para a escola. Mamãe foi a que mais sofreu para se adaptar às diferenças climáticas, aliás, ela não se adaptou; ficou entravada e deprimida, desde a chegada, nunca mais andou ereta. Eu sabia, também, que ela sentia um vazio afetivo pela ausência do seu companheiro.

REGRESSO ESCOLAR E DESENCANTOS COM A "TERRA PROMETIDA"

Não será nossa vida um túnel entre duas vagas claridades?
Ou não será uma claridade entre dois triângulos escuros?
Pablo Neruda[13]

Eu estava com dez anos quando voltei à escola em Pinheiral. Como já sabia ler, passaram-me da primeira para a segunda série. Novamente nos mudamos, dessa vez para a cidade de Major Gercino, eu e minha mãe, com a família da minha irmã mais velha. Os dias transcorriam bem até que minha irmã se separou do marido. Como as despesas domésticas eram supridas por ele, ela teve que trabalhar fora para assumi-las. Mais uma vez, eu tive que abrir mão dos estudos para cuidar da minha mãe e dos sobrinhos menores. O trabalho informal rendia à minha irmã uma quantia insuficiente para as despesas com família; aliás, mal pagava o aluguel. Muitas vezes, passávamos fome, ou comíamos os restos que pedíamos nos mercados: pão velho, comidas vencidas. Nos açougues pedíamos ossos com restos de carnes e com eles fazíamos sopas. Quando não tínhamos o que comer, um senhor que trabalhava carpindo a rua, dividia conosco sua marmita.

 Certo dia, sensibilizado com a nossa situação, o locatário da casa em que morávamos propôs que, para pagar o aluguel, roçássemos a foice um terreno de sua propriedade, com um enorme matagal. Fiquei incumbida pela minha irmã de tal tarefa, condição sem a qual eu não iria à escola. Era preciso que eu limpasse 1/4 do mato, antes de ir para a aula. Minha irmã sempre me tratou como escrava: me explorava, espancava e humilhava. Se eu não obedecesse, apanhava mais. No primeiro dia da empreitada, trabalhei toda a manhã, e terminei de roçar o que me foi ordenado, já atrasada. Ao descer o morro correndo, tropecei e caí em cima de um tronco que eu tinha roçado e deixado mais alto. O galho entrou rasgando uma ferida que eu tinha na perna. Soluçando de dor e revolta, levantei-me, enquanto o sangue escorria e banhava meus pés. Voltei para casa mancando e, naquele dia, não tive coragem de ir à escola: eu queria morrer! Por que o estudo era um sonho tão difícil para mim? Por que eu tinha que me sacrificar tanto para estudar, se algumas crianças pareciam ser obrigadas pelos pais a fazê-lo?

 Aproximadamente um ano depois de ir embora, meu cunhado resolveu voltar para casa e reconciliar-se com minha irmã. Mudamos, novamente, para um bairro periférico de São João Batista. Troca-se a cidade, mas permanece o cenário: vivíamos uma vida miserável, e, como consequência, a saúde da minha mãe piorava. Agora ela estava completamente entrevada, andava acocorada, com mãos e pés apoiados no chão. Fazia todas as necessidades fisiológicas na cama. Eu dava banho e comida na boca. Nem os braços ela usava mais. Eu me revezava entre os cuidados com ela e os estudos. Isso comprometia meu desempenho escolar; estava sempre com o conteúdo atrasado e, consequentemente, tirava notas baixas. Para piorar, eu era excluída pela turma por ser negra e pobre. Naquela cidade provinciana, de aproximadamente vinte mil habitantes, composta por imigrantes, a maioria de origem europeia, havia poucos negros. Além de nós, apenas mais uma família, que era numerosa e tradicional na cidade, quase todos os adultos eram professores ou outros profissionais bem-sucedidos. Eles não eram discriminados porque a condição financeira parecia abrandar o racismo. Mas era triste perceber que essa família não tinha qualquer comprometimento com a questão racial.

A minha situação na escola era marginal. Eu não tinha dinheiro para o material escolar; minhas roupas eram surradas. Às vezes, a única refeição diária era a merenda. Havia um hiato afetivo entre mim e os outros alunos, até as poucas crianças negras da escola me ignoravam. Três membros da única família negra influente da cidade eram professores no mesmo colégio, por isso os filhos ou sobrinhos negros que lá estudavam não sofriam preconceito como eu sofria. Além do mais, as meninas alisavam o cabelo, e os meninos mantinham-no raspado. Então se uniam às outras crianças brancas para debochar dos meus cabelos. Não me convidavam para fazer parte de brincadeiras ou dinâmicas de grupo. Raramente conversavam comigo durante o recreio. Existia um muro muito alto entre nós, e eu jamais consegui transpor. Meu refúgio diante daquela condição de isolamento era a biblioteca. Lia muito, devorava livros e, assim, eu podia me transportar a outros mundos.

    A minha família vivia em situação de extrema pobreza no bairro mais pobre daquela cidade, sujeita a todo tipo de violência. Eu caminhava muito para chegar à escola. Certo dia, já escurecendo, eu voltava para casa, quando senti alguém me agarrar e levar para um matagal. Era um homem com um forte hálito de bebida alcoólica. Eu, por instinto, previ o perigo e comecei a arranhá-lo, espernear e implorar para ele me soltar. Cansado de lutar contra mim, o indivíduo me soltou. Aterrorizada, saí correndo, tropeçando e caindo, arranhando os joelhos, sem olhar para trás. Ainda me lembro de ele dizer: — *Se você contar para alguém, eu te mato.* — Cheguei em casa, machucada, tremendo e chorando. Contei para minha irmã. Ela zombou de mim, dizendo que, se eu tivesse sido estuprada, o "bandido teria me feito um bem", entre outras piadas constrangedoras. Daquele dia em diante, eu entendi que não tinha ninguém para me defender e que não poderia mais andar sozinha à noite. E, sim, eu odiei a minha irmã por ter banalizado a violência que eu acabara de sofrer, naquele dia eu a odiei muito.

PERDI MINHA MATRIZ: ACERTARAM O MEU CALCANHAR DE AQUILES

Foi de mãe todo o meu tesouro. Veio dela todo o meu ganho / Foi de mãe esse meio riso. Insisto, foi ela a fazer da palavra artifício /arte e ofício / do meu canto / da minha fala.
Conceição Evaristo[14]

Desde que você ficou muito doente, eu me preparava para a sua partida. Contudo, eu nunca me senti pronta para dizer-lhe adeus. Recordo-me de afirmar inúmeras vezes querer partir antes de você, mas a vi definhando, dia após dia, diante dos meus olhos. Às vezes rezava em silêncio, suplicando a Deus para trazê-la de volta para mim. Vendo-a sofrer, tantas vezes chorei baixinho, queria eu sentir sua dor, porque me doía a alma vê-la sofrer. Ainda assim, queria que você ficasse comigo e me sentia egoísta por isso. Queria que estivesse comigo no dia da minha formatura, ficaria orgulhosa? Faria tudo para não ficar sozinha no mundo. Mas agora você diz palavras desconexas e mal me reconhece. Eu sei, a vida foi tão dura com você. Eu queria, agora, embalá-la nos meus braços, até que toda a dor se dissipasse, como você se fazia meu refúgio, quando eu tinha pesadelos.

Ansiava traduzir para você o mundo sob as minhas lentes quando a cegueira a impedia de vê-lo. Eu fechava os olhos, tentando imaginar como você se sentia. Falhava. Acho que você conseguia vê-lo melhor que eu, sabia-o de cor. Então eu a abraçava e cada abraço era um "eu te amo, além da vida". E quando eu penteava os seus cabelos grisalhos, com uma ternura infinita, era um afago, o meu modo mais sincero de dizer que você era o meu bem maior. Cada fio de cabelo seu me era precioso. No desespero de perder você, supliquei a Deus o milagre da eternidade. Nunca, nunca passamos um dia sequer separadas, como poderia viver sem você? Eu não vou suportar viver sem a luz dos seus olhos. Por favor, não vá antes de mim. Mas você estava cada vez mais distante, mais ausente. Estava partindo devagar. Percebi que perdera um pouco da memória, mas não demonstrei. Não queria deixá-la constrangida. Era óbvio que me assombrava a hipótese de você não se lembrar de que eu era sua filha. Era por isso que me aproximava, tantas vezes, chamando alto: — *Mãe!?* — Alívio: você respondia, não só com sua voz, miúda, mas também com seus olhos azul-clarinhos, perdidos, a me procurar pelo som da minha voz. Não, você não me esquecera. Eu chegava mais perto e você tocava o meu rosto com as duas mãos. Eu segurava as lágrimas. Queria esconder de mim mesma que eu sabia que, em breve, você não estaria mais comigo.

Meus mais terríveis presságios tornaram-se reais. Era manhã ensolarada, soprava uma brisa mansa numa quinta-feira, 19 de outubro de 1989. Lembro como hoje. Você acordou muito lúcida e disposta. Imprevistamente, pediu para tomar um pouco de sol. Estranhei porque você sempre relutava em sair da cama. Era preciso levá-la, ignorando seus protestos. Percebi algo diferente, porém nada comentei. Apenas a peguei, cuidadosamente, no colo e a levei para o quintal. Continuei a admirá-la sob o sol, você estava com uma aparência ótima, como havia tempos não a via. Parecia que seus olhos procuravam alegremente a luz solar. Você me disse que estava vendo imagens embaçadas. Meu coração, esperançoso, acreditou num milagre. Eu pedi tanto a Deus, será que Ele me ouvira? Sim, porque você me fitava tão profundamente, como se pudesse realmente me ver. Quem sabe, se você recuperasse a visão, poderíamos voltar aos papéis canônicos de mãe e filha? Sim, porque, depois da sua cegueira, eu já havia me esquecido de como era estar neste lugar de filha, de ser protegida e cuidada. Eu me sentia um pouco sua mãe, porque lhe dava banho, vestia, alimentava e colocava para dormir. Mesmo assim, não tenho dúvidas do quanto sou mais dependente nesta relação. Porque você me abrigava sob suas asas maternais, a proteger ao longo de todos esses anos de sofrimento. No conforto do seu afeto eu esquecia tudo aquilo que me machucava, e me fortalecia.

    Tais devaneios me ocuparam a mente até a hora do almoço, quando, um pouco depois do meio-dia, fiz o seu prato e fui lhe dar comida na boca. Você estava mais silenciosa que o habitual e disse não ter fome, mas, sem protestar, aceitou uma colherada. Ah, você parecia um filhote de pássaro no ninho, olhos fechados, que abre o bico para receber a comida, mesmo sem saber o que é. Simplesmente come para se alimentar. É uma cena poética! Penso nisso, enquanto você mastiga, vagarosamente. Na segunda colherada você engasgou e caiu, fragilmente, no meu colo. Perplexa, falo a você coisas desconexas: — *Mãe, você precisa comer! Ei, senta direito, mãe!* — Só então me dei conta do que acontecia. Não, você não pode morrer nos meus braços! Não assim! Mas você se foi, tão serena como se estivesse pronta para a viagem. Comecei a implorar para que ficasse comigo. — *Segura a minha mão! Eu preciso dizer o quanto te amo. Por favor, não faça isso comigo.* — Não pode ser tão profundo o sono dos mortos, mãezinha, eu só tenho a você.

Seu corpo permanece inerte, mas sua ausência prolonga-se; o espírito abandona a matéria. Você já não ouve minha súplica. Você vai ao encontro da morte e o meu dia escurece, paradoxalmente ao meio-dia, que, no dizer de Chevalier e Gheerbrant[4], "marca um instante sagrado: a luz em sua plenitude; uma parada no movimento cíclico, antes que se rompa um frágil equilíbrio e que a luminosidade se incline rumo a seu declínio, uma imobilização da luz em seu curso, o único momento sem sombra, uma imagem de eternidade."

Você poderia ao menos ter se despedido. Como posso dizer adeus a um pedaço de mim? Eu grito perguntas que o silêncio ecoa. Todo o medo de vê-la partir tornou-se real. Com uma angústia que toma meu ser, olho seu corpo, abandonado em meus braços e penso: "É só mais um daqueles malditos pesadelos.

Eu vou acordar e vai ficar tudo bem." Aproximam-se, porém, outras pessoas que confirmam sua partida. Sinto o peito profundamente apertado e uma ânsia de exprimi-lo num grito estrondoso. Mas, ao contrário, emudeço e distancio-me do seu corpo, num estado de entorpecimento dolente. Cogito cortar a minha carne, no desespero de esquecer a dor que dilacera o meu coração. E, nesse desvario, minha mente divaga em busca de um lugar que me traga conforto.

Eu fiquei o tempo todo ao seu lado no velório, mas em transe, sem uma palavra, sem uma lágrima. Nunca senti dor tão profunda estando tão ausente de mim, a vagar como uma alma penada. Finalmente, eu dormi, por um tempo que me pareceu infinito. Acordei com a esperança de ter tido um pesadelo daqueles que me atormentavam quando eu era criança, apesar de que, nem nos mais terríveis sonhos, havia previsto tamanha dor. Era verdade que seu corpo jazia sob a terra fria. E eu estava sozinha, sabendo que teria que me reinventar sem você.

Mesmo sem assimilar o choque da perda, eu sabia que você havia abandonado uma vida de sofrimento, não lembro de tê-la visto feliz. Repeti, como um mantra: — *Eu deixo você ir, mas cuida de mim onde estiver.* — Você pode me ouvir? Eu te recordarei infinitamente. E eu compreendo que a nossa conexão não pode ser medida pela sua existência/impermanência física, sobre ela reverbera um legado ancestral. Se inevitável foi nos separarmos na esfera terrena, em breves revoluções em torno do sol, nossos caminhos se entrelaçarão num plano que desconhece a dor, no qual o amor transcende toda e qualquer materialidade. O amor, esse sentimento milagroso que nos conecta, é a fortaleza que me revigora das angústias e ameniza o vazio da sua existência na minha vida. E é pela transcendência desse mesmo amor que escrevo em sua memória.

(DIS)SABORES DA MINHA COR: MARCAS INDELÉVEIS DO RACISMO

A discriminação é um cão infernal que morde os negros em todos os momentos de vigília das suas vidas para lembrá-los de que a mentira da sua inferioridade é aceita como verdade na sociedade que os domina.
Martin Luther King[15]

Há situações em que o tempo não é capaz de restaurar uma parte que nos foi, prematuramente, arrancada; entretanto, no seu transcurso, ele pode transformar a metade mutilada, conferindo-lhe força e resiliência.

Depois da morte de mamãe, minha vida tornou-se mais difícil, se é que era possível. Minha irmã continuava me batendo, humilhando e me impedindo de estudar. Eu apanhava por tudo: porque comi o que não devia, porque deixei meus sobrinhos pequenos ligarem a televisão (era preciso economizar energia elétrica), porque não limpei a casa direito, porque não recolhi a roupa antes da chuva, e por aí vai. No meu corpo, marcas que chegavam a sangrar, de varas, fios elétricos, borrachas de sofá, ou o que ela tivesse na mão.

Aos 13 anos, quando o meu corpo começou a se desenvolver, eu era uma adolescente raquítica. Na mesma época, começaram os abusos do meu cunhado. Eu fugia do assédio, mas não tinha coragem de contar para a minha irmã, embora eu desconfiasse de que ela sabia e nunca fizera nada a respeito. Digo isso porque, certa vez, ela fez uma cirurgia e precisou ficar uns dias no hospital. Então, mandou a filha dormir na casa de uma conhecida, enquanto eu tive que permanecer para fazer o serviço doméstico e cuidar dos meus sobrinhos menores. Na primeira noite, com a ausência dela, meu cunhado se sentiu à vontade para me assediar abertamente. Chegou do trabalho, tomou banho, comeu do jantar que eu havia feito e avisou que iria ao bar. Porém, antes de sair, deslizou os dedos pelo meu corpo, avisando que já voltava. No rosto dele, um riso lascivo. No meu rosto, uma mistura de repulsa e medo. O instinto de autopreservação alertava-me que era preciso sair dali rápido, antes que ele retornasse bêbado. Coloquei meus sobrinhos na cama e avisei que ia dormir na casa da vizinha, mas não tinha intimidade com nenhum morador próximo, nem coragem de pedir para pernoitar. Então, subi no sótão da casa para me esconder dele. Ali, fazia um calor infernal, havia fios elétricos desencapados, baratas e muitos mosquitos, porém, isso não era mais assustador que a ameaça de ser estuprada pelo meu próprio cunhado. Nas noites seguintes fiz o mesmo, até minha irmã voltar do hospital. Situações semelhantes repetiam-se e, igualmente, minha irmã protegia a minha sobrinha, enquanto eu ficava vulnerável.

O assédio aumentava à medida que o meu corpo se desenvolvia. Agora, meu cunhado vivia a espionar meus banhos e trocas de roupas. Acordava assustada, no meio da noite com ele me tocando. Sentia uma mistura de medo, nojo e culpa. Chorava baixinho, sem conseguir voltar a dormir. Era urgente que eu saísse dali. Já havia sofrido o bastante. Antes, eu não teria coragem de deixar minha mãe, por nada no mundo. Ela precisava de mim. Eu era responsável por seus cuidados diários. Mas agora ela já não estava comigo. Foi então que comecei a procurar emprego.

Fui trabalhar como empregada doméstica, na casa de uma senhora que fazia parte de um grupo de caridade na igreja. Eu a conheci quando ela levava remédios e outras doações para a minha mãe.

As brigas com a minha irmã intensificaram-se porque, no dia do primeiro pagamento, ela foi receber o salário no meu lugar. Cansada de tanta exploração, surras e maus-tratos, implorei para morar com os patrões, que ficaram receosos em intervir numa situação que poderia tornar-se problemática, mas, diante da minha súplica, resolveram interferir. Entretanto, explicaram-me que não me adotariam legalmente, apenas se responsabilizariam por mim, já que eu era menor. Eu deveria continuar trabalhando como antes, porém sem salário. Só então foram ao fórum, assinaram um termo de responsabilidade diante de um juiz, que me autorizava a morar com eles. Agora era "como se eu fosse da família". O lado bom é que eu podia estudar num período, no outro eu fazia os serviços domésticos.

O trabalho era pesado — com 13 anos eu era responsável por toda a limpeza e organização da casa: lavava as paredes por fora, escovava os carpetes de joelhos, passava toda a roupa, esfregava, também de joelhos, toda a pedra bruta da piscina com ácido, e cozinhava à noite. Mesmo assim, eu não reclamava. Estava contente, até os três filhos do casal — todos meninos — começarem a ter ciúmes de mim. Eles alegavam que os pais me tratavam melhor, o que não era verdade, porque eles não trabalhavam e estudavam em colégio particular, enquanto eu fazia todo o serviço da casa e estudava em escola pública. Os conflitos se intensificaram e a situação ficou insustentável. Eu era chamada de macaca e tudo quanto é tipo de insulto por causa da cor da minha pele. Revoltada, partia para a briga com eles, no que sempre levava a pior, já que era fisicamente mais frágil.

Passei a trabalhar numa fábrica de calçados, das cinco da manhã à uma da tarde, e estudava à noite. Não preciso dizer que o rendimento escolar caiu. Aos 19 anos, já não suportava mais viver naquele ambiente conflituoso e, depois de seis anos servindo àquela família, saí apenas com meus pertences pessoais e fui dividir o aluguel com uma amiga da escola. Fiquei nessa alternância entre trabalho nas fábricas e os estudos até um incidente de racismo que me fez mudar para Florianópolis, em 1999.

Eu estava com 23 anos, no primeiro ano do ensino médio. Estudava à noite e trabalhava numa fábrica de calçados durante o dia. Sonhava em ser professora, quando numa aula de geografia mudei bruscamente os meus planos. Apesar de introspectiva, sempre fui uma aluna estudiosa e bem-sucedida nas provas. Eu não tinha um grupo de amigos e estava acostumada a ser excluída na escola, desde a infância. Porém, nos dias de avaliação, alguns alunos sentavam-se próximos para pedir as respostas da prova. E foi assim, naquele fatídico dia. No alvoroço que precedia a prova, todos os alunos conversavam em voz alta, ao mesmo tempo que o colega da carteira logo atrás me chamou para me pedir "cola". O barulho era tanto que ninguém percebeu que a professora já havia entrado na sala, quando ela disse em tom ríspido: — *Essa negra não vai virar para a frente para eu poder fazer a chamada, não?* — Ela se dirigia a mim, eu era a única negra da sala. Empalideci, perplexa. De súbito, não entendi a gravidade da situação, estava desconcertada pelo fato de nunca ter sido advertida pelo meu comportamento em sala de aula. Fiquei paralisada por um tempo que pareceu eterno, até que os colegas apontassem o que eu me recusava a ver: o racismo. Chamaram a professora de preconceituosa e perguntaram se eu não ia reagir. Sinceramente, eu não acreditava na solidariedade dos colegas diante da agressão que eu acabara de sofrer. Salvo algumas exceções, o objetivo da maioria era criar um tumulto que impedisse a realização da prova. Nunca, exceto quando a minha mãe morreu, me senti tão dolorida. Eu queria sumir, mas minhas pernas não me conduziam. Todos falavam ao meu redor e eu nada ouvia. Finalmente, quando consegui reagir foi para sair da sala sem dizer uma palavra e sem olhar para trás. Não pude mais conter as lágrimas. Queria chorar até expurgar a dor que me corroía a alma. Aquele lugar não me pertencia, como eu ousei estar ali?

Abandonei a sala de aula no início do ano letivo e nunca mais voltei. Por sorte, o desejo de estudar não apenas permanecia vivo dentro de mim, como se tornara mais forte. Por ora, foi preciso silenciá-lo, visto que só havia uma escola de ensino médio na cidade. E eu não suportaria olhar para a professora racista novamente.

A dor daquele trauma imobilizou-me de tal forma, que não vislumbrava qualquer perspectiva de futuro. Não era o primeiro incidente de racismo na minha vida, e intimamente eu sabia que não seria o último. Seria possível sair inteira de tantas batalhas? Eu não estava certa. No momento, apenas senti que era urgente sublimar a dor, ou morreria por dentro. Tentei fazê-lo trabalhando com afinco na linha de produção da fábrica de calçados. Minha função era passar cola nos milhares de pares de sapatos que deslizavam na esteira à minha frente, com um gesto mecânico, um olhar vazio. Quando conseguia me ausentar, lembrava-me da cena do filme *Tempos modernos*[16], de Chaplin, e fazia uma relação direta com a minha situação: eu era como uma engrenagem daquelas máquinas, que não paravam o dia inteiro, enquanto o meu tempo passava, eu mobilizada.

Em meio a esse período de resignação e sacrifício, que pareceu durar um século, uma amiga me indicou para um emprego de babá, em Florianópolis. Era a oportunidade que eu precisava para voltar a estudar, um trabalho de meio período, em que eu podia ir para escola no outro.

ANTES DO DIA AMANHECER, OUTROS OBSTÁCULOS

Todos nós temos nossas máquinas do tempo, não é?
As que nos levam para trás são memórias...
E as que nos levam para a frente são sonhos.
A máquina do tempo[17]

A esperança se renascia dentro de mim, eu podia recomeçar. Não houve hesitação diante da proposta de trabalho em outra cidade, aceitei prontamente. Nada me prendia. Mesmo assim, parti chorando, talvez pela noção de que, aos 23 anos, pela primeira vez, estava indo para um lugar desconhecido sozinha — eu nunca tinha ido a Florianópolis antes —, sem amigos e sem família. Mas não havia nada que eu não faria para poder estudar novamente.

O trabalho não era apenas para cuidar de duas crianças. Eu fazia todo o serviço da casa e trabalhava, inclusive, aos domingos. No primeiro ano, trabalhava pela manhã e estudava à tarde. No segundo, trabalhava durante o dia e à noite ia para a escola. Cursei dois anos e meio do ensino médio nessas condições.

Sentia-me sobrecarregada com os cuidados das crianças, casa e estudo. Eu não tinha vida social. Cheguei à conclusão de que precisava dedicar mais tempo aos estudos, se quisesse ter alguma chance de passar no vestibular. Nesse ínterim, soube que a professora racista se afastara do colégio para tratar um câncer. Tal notícia foi decisiva para a minha demissão do trabalho e o meu retorno a São João Batista. Depois de quase três anos, desde o incidente de racismo, voltei a estudar no mesmo colégio. Durante o dia trabalhava como babá e à noite estudava. Faltando um mês para o vestibular, saí do emprego e dediquei-me exclusivamente à preparação para a prova e à conclusão do ensino médio. Nesse período, uma amiga, generosamente, hospedou-me em sua casa, enquanto eu me preparava para o processo seletivo da Universidade Federal de Santa Catarina, um dos mais concorridos do país. Ao preencher o formulário de inscrição para o vestibular, busquei na secretaria do colégio os dados referentes à instituição de ensino de origem. Os funcionários da direção e da secretaria olhavam-me incrédulos. Parecia ridícula a minha esperança. Eu podia ler seus pensamentos: "Será que ela acha que tem alguma chance?" Não me abalei, talvez por ingenuidade, ou por uma convicção prodigiosa. Reconheço que não tinha a dimensão do desafio a ser empreendido. Lembro outra ocasião em que um grupo vendia livros preparatórios para concursos e vestibulares no colégio. Perguntei para a vendedora: — *Você acha que, estudando bastante com esses livros, eu consigo passar no vestibular?* — Não lembro a resposta da moça, mas deve ter dito que sim, porque, com a pouca economia que me restava, eu comprei os livros.

Estudei com a mesma disciplina e obstinação de um soldado que se prepara para uma guerra, respirava livros. Nesse período, ainda não tinha sido implantado o sistema de cotas. Eu nunca duvidei de que seria possível. Ainda assim, foi surpreendente quando fui aprovada em dois vestibulares de 2001: para os cursos Letras-Português, na Universidade Federal, e Biblioteconomia, na Universidade do Estado de Santa Catarina. Quando vi meu nome na lista de aprovados do jornal, todo o sofrimento vivido na minha trajetória, por um longo momento, pareceu sublimado. A impermanência da felicidade é tangível para todos. Em algumas trajetórias, ela se demora por mais tempo ou vai e vem com frequência. No meu caso, sua passagem era como uma estrela. Minha vida iluminada num instante e, no outro, eu, ainda inebriada pelo clarão, encontro os próximos obstáculos. Revigorada pelo clarão, estava certa de que podia transpor todos eles.

O DESPERTAR ONÍRICO: A MENINA NO REVERSO DO ESPELHO

> Não me pergunte quem sou eu e não me diga
> para permanecer o mesmo: é uma moral de Estado civil;
> ela rege nossos papéis. Que ela nos deixe livres
> quando se trata de escrever.
> **Foucault**, 2008, p. 20[18]

Eis que minha alma transborda de uma energia contagiante, embalada por uma sinfonia tão harmônica, na experiência mais sublime da minha existência. Deslembro as dores, blindada por uma força cósmica, que me torna impenetrável a qualquer penumbra.

É tempo de despertar. Amanheço de um sonho, numa realidade tão esperada. Sei que não era um lance de felicidade autêntica; eu ainda estava perdida, mas isso não me assustava. Por ora, rendia-me voluntariamente ao deslumbramento vitorioso do ingresso na universidade. Quiçá, para muitos, uma entrega genuína, mas eu me desafio a transpor os obstáculos futuros para ir além.

Quando retornei a Florianópolis, no início de 2002, tudo era novo e desafiador. As aulas na faculdade começariam no início do segundo semestre.

Enquanto procurava emprego, fiquei uns dias na casa de uma amiga. Era difícil encontrar um trabalho que não fosse doméstico, porque eu tinha poucas experiências profissionais e, certamente, o motivo mais determinante, a minha cor. Além disso, precisava de um lugar onde pudesse dormir. Por meio de uma agência, fui trabalhar para um casal com três filhos, em uma casa enorme, no bairro Parque São Jorge. Naquela família, todos tratavam-me friamente, como uma mera ferramenta de trabalho. Eu comia apenas o que sobrasse e se sobrasse; meu quarto era minúsculo e quente. Desde muito cedo, eu corria do quarto para a lavanderia, e daí para a cozinha, emendando uma tarefa na outra, só parando para comer; aliás, alimentava-me muito pouco e sempre às pressas. Era só eu sentar para comer, pediam-me algo. O tempo todo, moradores e visitas, a pedir comida, a sujar, a entrar e sair da piscina, molhando toda a casa que eu já havia limpado. Era tanta roupa para lavar, passar e guardar, que eu nunca dava conta. Como se não bastasse, os patrões traziam as toalhas de mesa e panos de pratos do restaurante que eles tinham no centro da cidade para lavar e passar em casa. Em menos de um mês eu havia definhado, parecia um zumbi. Certo dia, desmaiei de exaustão. Mas não era só cansaço físico, era um misto de desesperança e profunda tristeza que me abalaram o espírito. Nem a perspectiva da chegada do semestre me animava. Pedi demissão às vésperas do início das aulas. Antes da saída, porém, a patroa revistou toda a minha bolsa, desconfiada de que eu tivesse roubado algo. Jogou todas as coisas da bolsa na cama e olhou uma por uma, sacudindo as peças. Entre as minhas coisas, havia um condicionador de cabelo da mesma marca que ela usava. Fiquei com receio de ser acusada de roubo, mas ela apenas me disse para guardar tudo e sair imediatamente. Enquanto a patroa aguardava de pé, na porta do quarto, joguei minhas roupas na bolsa sem me preocupar com a desordem. Queria sair o mais rápido possível dali. Na saída, chorei; eram lágrimas de humilhação, mas também de alívio. Procuraria um emprego melhor, onde me tratassem com humanidade.

Contudo, o destino de mulher preta sempre nos conduz para lugares parecidos. O novo emprego, como doméstica, encontrei nos classificados de um jornal. Era, igualmente, para servir um casal com três filhos, de segunda a sábado, dormindo no local. A princípio me pareceu "menos pior" que o anterior: eram pessoas mais humanas, a dependência de empregada era maior e eu podia fazer as refeições à mesa, com a família. Acordava às seis da manhã para lavar a louça da noite anterior, preparar o café, que deveria estar na mesa, impecavelmente posta, às sete da manhã. Depois começava a via-crúcis, lavar e passar roupa, faxinar banheiros, encerar e lustrar o chão de assoalho, e cozinhar para cinco pessoas. O almoço devia estar servido às 12h. Só às 17h30, depois de deixar o jantar pronto e a mesa posta, encerrava o trabalho. Era o tempo de tomar um banho apressado e correr para a faculdade.

Eu fazia, em vão, um esforço absurdo para acompanhar as aulas, ler os textos e seguir a mesma rotina de estudos que os meus colegas, mas meu desempenho era mediano. Sentada ali, diante do professor, das 18h30 às 22h, restavam poucas energias para acompanhar o conteúdo. E não era só isso. O mundo acadêmico com o qual eu sonhava não existia. As relações eram distantes e desiguais, eu era excluída dos grupos de trabalho... A partir de então, passei a sentir a desconfortável sensação de não pertencer àquele lugar, de não ter nenhuma afinidade com meus colegas de sala. Quis gritar a minha frustração, não tinha voz. Faria sentido refutar veementemente algo tão desejado?

As folgas do trabalho eram no sábado, depois do meio-dia — na verdade, depois de eu terminar de lavar a louça do almoço, não importava que horas fossem. Podia ser às três da tarde, por exemplo. Quando não ia para São João Batista, ficava perambulando pela cidade, sem destino. Fim de semana, que seria um tempinho para eu descansar e estudar, eu não tinha onde fazê-lo.

Presumo que seja importante fazer uma ponderação sobre a minha experiência como empregada doméstica. Não é um panorama amistoso, embora as experiências se distingam em alguma variação de tom, em quase todas elas, salvo uma única exceção, fiquei impressionada com a falta de humanidade e a frieza com que fui tratada. Mesmo pernoitando no emprego com folga semanal, não existia qualquer laço afetivo; não se preocupavam com o bem-estar, ou se a acomodação era adequada, muito menos se interessavam pela minha história. A carga de trabalho era excessiva e o período de descanso insuficiente, caracterizando uma escravidão moderna. Em todas elas, a dependência de empregada era um cubículo minúsculo, que me lembrava celas de prisões. O calor no verão era tão infernal, que só era possível dormir por conta da exaustão. Ou seja, passa longe de ser um regime digno de trabalho, é uma relação cruel de exploração. Aliás, a denominação para essas trabalhadoras no Brasil bem podia ser "escrava doméstica".

No final do primeiro semestre na faculdade, eu estava física e psicologicamente esgotada. Não aguentava mais morar na casa de patrão, porque não tinha hora para trabalhar. Pedi ajuda a uma amiga, que me indicou um trabalho de doméstica de meio período, três dias por semana, em uma casa. Nos dois dias livres peguei faxinas. Aluguei um quarto numa república de estudantes, que dividida com mais cinco moças. Da minha renda como faxineira e doméstica não sobrava quase nada, depois de pagar o aluguel. O que me ajudou a não passar fome foi a generosidade de uma amiga, de São João Batista, para quem eu havia trabalhado como babá. Nessa época, ela ainda não tinha muitos recursos financeiros, mesmo assim, toda vez que ia visitá-la, ela fazia uma cesta básica para eu levar, na volta para casa. Além disso, dava-me roupas e sapatos, de modo que, nesse período, eu não precisei gastar com isso.

A situação miserável na qual eu vivia começou a melhorar quando consegui um estágio de meio período na faculdade. Logo em seguida, fui selecionada para uma vaga na Casa da Estudante Universitária (moradia estudantil vinculada à Universidade

Federal de Santa Catarina, destinada a estudantes com baixa renda familiar, oriundos de outros municípios), e não precisaria mais pagar aluguel. Pude, enfim, no final de 2003, abandonar o trabalho de empregada doméstica. Como o salário do estágio era pouco, suprindo apenas o básico, continuei a fazer faxinas. Já podia me dedicar, quase que exclusivamente, aos estudos. Lembro que a chefe de expediente do departamento de serviço social, em que eu estagiava, parecia saber exatamente as restrições pelas quais eu passava, pois levava uma variedade de biscoitinhos e chás para o trabalho e dizia que eu podia comer à vontade. Ela costumava brincar, dizendo que eu tinha uma lombriga solitária, que chamou de "Madalena", mas a verdade — ela sabia — é que eu tinha pouca comida em casa mesmo.

Finalmente, quando concluí o curso universitário, perguntava-me de onde veio a força para fazê-lo. Foram muitas faxinas, noites em claro para ler os textos e frustrações, até ter em minhas mãos o diploma. Se, por um lado, alguns professores pareciam estar ali para dificultar e não para intermediar o processo ensino-aprendizagem, outros, tão generosos e conhecedores de seu papel, inspiravam-me e fortaleciam a convicção de que era possível me graduar.

No dia da formatura, dentre um turbilhão de sensações, eu não conseguia vivenciar nenhuma delas. Para o momento de homenagem aos pais, eu havia convidado a pessoa com quem fui morar depois que saí da casa da minha irmã, e a quem às vezes me refiro como minha "mãe adotiva" (embora não tenha sido adotada legalmente), e lhe entregaria, simbolicamente, uma rosa. No momento em que todos os formandos direcionavam-se para abraçar seus pais, eu procurava por ela. Pais e filhos abraçavam-se, felizes e orgulhosos, enquanto os meus olhos perdiam-se na multidão, a procurar meu abraço ausente. Oh, maldita miopia! É claro que ela veio, eu é que não a enxergava. Sua presença era um afago extremamente necessário para que eu não sucumbisse à dor da ausência materna. Empalideci, suava frio e me faltava o ar, na eternidade da espera. Ninguém vinha na minha direção. Ela não viera! "Minha mãe nunca me deixaria esperar por um abraço, não naquele dia." Foi então que vislumbrei minha melhor amiga — aquela mesma, que havia me acolhido em sua casa, enquanto eu estudava para o vestibular e, sempre que podia, mandava-me comida e roupa durante toda a graduação. Ela veio ao meu encontro. Abandonei-me num abraço de alívio e gratidão. Naquele abraço, atei minha âncora, naquele momento de emoções turbulentas. Soluços sacudiam meu corpo. Nenhuma palavra foi dita, não foi preciso soar qualquer sílaba; o nosso abraço foi uma comunicação de linguagem inequívoca: amor fraterno. Até que o choro deu lugar ao riso em sincronia, expressão de amor compartilhado. Há beleza mais exata?

Ao revisitar minha trajetória, penso: poderia aquela menina negra e pobre, ávida por mergulhar no extraordinário universo da leitura, imaginar que chegaria tão longe? No seu mundo lúdico, tudo era possível, mas longe de realizar. A essência daquela garotinha permanece em mim, e impulsiona-me a buscar novos sonhos, um voo mais alto: a pós-graduação. No momento presente, o sonho de acesso a um universo vasto de conhecimento se torna real e vou além... ao resgatar as memórias do passado e reescrever minha história, celebro meus ancestrais cumprindo a missão que me foi transmitida.

CONTEMPORANEIDADE: O ENTRELAÇAMENTO ENTRE A ESCRITA E O REENCONTRO DE SI

Toda pessoa tem necessidade de reconhecer a si mesma e de ser reconhecida como uma pessoa única entre tantas outras. Por outro lado, há a necessidade de pertencimento: a sensação de que não se está só, de que se faz parte de uma família, de uma comunidade, uma religião, uma cultura ou uma nação. A construção da identidade envolve, portanto, estas duas forças contraditórias e complementares: a vontade de ser único e a vontade de fazer parte.
Ercy Soar[19]

Como já foi dito, esta narrativa nasceu do projeto da minha tese de doutorado. Resumidamente, eu estava vivendo por um ano na cidade de Exeter, Inglaterra, no contexto do Programa de Doutorado Sanduíche, e já havia qualificado a minha tese, até que tive uma epifania a respeito do objeto da minha pesquisa. Eu não escolhi os rumos da mudança. Muitas vozes me impeliram a fazê-lo e tocaram o mais profundo do meu ser.

A mensagem inicial era criptografada, um vozerio codificado. Eu entendi que deveria decifrar a esfinge antes que ela me devorasse — sem dúvidas, um desafio motivador, mas posso afirmar, sem equívocos, que foi a experiência mais transformadora do trabalho acadêmico.

Depois de aceitar a minha nova rota, parti em busca do passado. Nesse regresso empreendi um esforço gigantesco para assentar e reorganizar as ruínas que caíam diante de mim, desafiando o tempo cronológico que regula o doutorado. Eu não tinha as mesmas condições de Proust para ir "em busca do tempo perdido"[20] e era preciso fazer uma tese inteira em metade do tempo regulamentar. Todas as escolhas têm suas responsabilidades e riscos, e eu os assumo, sem lastimar. Foi necessário, ainda, lutar contra uma reserva que freava a motivação de contar a minha história e coube a tantas vozes que ecoaram do passado me convencerem de que sim, eu podia escrever sobre mim mesma. Eu não precisei buscar coragem — isso nunca me faltou! Sou meio Carolina Maria de Jesus — para desafiar as normas que regem o trabalho acadêmico, referentes ao seu formato um tanto catedrático. Me assegurei de que era possível fazê-lo ao descobrir que pesquisadores como Adriana Lisboa e Tatiana Salem Levy o fizeram antes. Como tese de doutorado, Adriana Lisboa apresentou o romance de ficção *Sinfonia em branco*, e Tatiana Levy classificou *A chave de casa* como um romance de autoficção, porque nem tudo que foi contado ali aconteceu de fato. Seguindo seus exemplos, eu defino o formato do meu trabalho; porém, no meu caso, assumo minha produção como um relato de fragmentos memoriais por mim vividos, de fato, na trajetória rumo à academia.

Com isso em mente, era preciso entender que produzir uma narrativa através da rememoração do passado e refletir sobre a especificidade da memória individual e sua relação com a memória coletiva tem a ver com a convicção do poder da literatura de narrar o mundo. Através dessa narrativa, em um movimento de *retrospectare* — totalmente determinado pelo presente —, deu-se a reescrita de uma identidade fragmentada, atravessada por tantas vozes ancestrais. A imagem que vislumbro no espelho não é kafkiana, sou eu orgânica, com os paradoxos idiossincráticos de quem se narra, passado atado ao presente, numa escrita que transcende o tempo. A revisitação memorial a fim de construir a narrativa da minha vida, através da recuperação de fragmentos da memória, simboliza também a reconstrução de hiatos significativos do meu passado, que se traduzem em profundas metamorfoses íntimas no presente.

Precisamente, após o resgate temporal é possível inferir muito dos nossos costumes, das nossas subjetividades e, na mesma direção, teoria e escritura se entrelaçam no exercício de evocar o passado e refletir sobre os fundamentos da memória, sobretudo em se tratando das escritas de si, talvez por ser uma discussão em deliberação no presente. Nessa experiência de contextualizar o processo de escrita, posso afirmar absolutamente que a teoria é uma zona bem mais confortável de se transitar.

A escrita da narrativa de memória

O regresso ao passado foi uma experiência visceral e impactante. Diante do universo recoberto pelas sombras remotas do tempo, me detive tão assombrada quanto o anjo de Klee citado por Benjamin[2]. Ao lançar luz à escuridão, me deparei com um amontoado de memórias fragmentadas, desconexas. Márcio Seligmann-Silva[21] alerta que não há um acesso direto às ruínas do passado: elas se misturam com os fragmentos do presente, que é preciso rearranjar. Houve momentos de desvarios e incertezas que me compeliam a recuar; por outro lado, uma força desconhecida me movia na determinação de narrar. Na rememoração, na escrita/reescrita, na leitura/releitura... e de novo a memória. Mesmo quando paro de escrever, a visão das ruínas abala minhas estruturas. Mas já não devo temer olhar para trás. Eu já sublimei o passado, iluminei a escuridão e todos os fantasmas se desvaneceram. Eu recuperei as feridas através da escrita, que, como cicatrizes, é prova da minha libertação. A narradora é superior; ela livra-se da dor ao concluir o ato da narração, mas para o autor, a sua dor não cessa ou diminui ao fim da narrativa, nem se tem a dimensão concreta.

Memórias mulheres ancestrais: tessituras teórica e narrativa

Imediatamente depois dos atravessamentos da memória, havia uma fragilidade em mim causada pelas descobertas e lembranças nefastas; contudo, cheguei a esse ponto da escrita, um formato muito mais acadêmico. Esses desdobramentos teóricos foram surpreendentes, sobretudo quando tocam na questão de reconhecimento e significação do passado e, na relação escrita/memória/violência, a compreensão do silêncio causado pelo trauma: a profunda dor de se resgatar os fragmentos do passado; o esquecimento providencial como uma condição para seguir em frente; a urgência de lembrar o trauma do passado para esquecer; por fim, a escrita como uma necessidade existencial, um olhar terapêutico sobre as feridas, na tentativa de que esse passado não mais incida de forma nociva no presente. Nesse ponto, ainda uma etapa de reconhecimento do trauma.

Já a parte que trata das escrituras do presente foi a chave para o meu enigma: ainda no começo do doutorado, fui apresentada às escritas de si que, mais tarde, possibilitaram a definição pelo formato da narrativa de memória.

A parte teórica é a que mais intimamente se entrelaça com a narrativa de memória; trata da escrita de mulheres negras como Carolina Maria de Jesus. Como ousa, nos anos 1960, uma mulher negra, catadora de papel, favelada e semianalfabeta, escrever e denunciar a violência e o desamparo do Estado, a demagogia dos políticos? *Quarto de despejo*[22] trouxe memórias desconhecidas: a dor de minha mãe quando eu tive fome. Eu lamentei ter reclamado de fome quando Carolina falava do quão aflita ficava quando não havia comida para os filhos. A minha fome não era amarela, quase sempre era preta. Minhas vistas turvavam quando estava prestes a desmaiar de fome. De forma semelhante, ela também comera comida do lixo: sim, a fome de Carolina era a minha fome e de tantas outras mulheres negras e pobres. Outra vez me reconheci em Carolina quando ela diz que gostaria de se vestir melhor, mas não tinha nem sabão para lavar a roupa. Da mesma forma senti vergonha de andar suja e maltrapilha. Contudo, as questões afetivas eram as mais impactantes, que tiravam o sono, a paz: a impossibilidade de estudar e a dor de ver o sofrimento da minha mãe até a sua morte. Esses foram os aspectos que marcaram a minha transição entre a infância e a vida adulta. Mas há força na dor e muita resistência na escrita.

Outra inspiração para a escritura desta tese, Conceição Evaristo traduz de forma tão poética, tão singular o drama de tantas vidas negras. Mulher negra e filha de lavadeira, assim como Carolina, Conceição tem uma posição política fortemente marcada e reafirma exaustivamente a urgência de se lutar pela ascensão coletiva, porque a retórica da exceção é hegemônica. Evaristo é a metáfora de uma equação em que força e sensibilidade se combinam harmoniosamente. Sua escrita é forte, envolvente e ressoante. A submersão na biografia dessas mulheres me proporcionou um entrecruzamento de narrativas nesses *lócus* de enunciação, como mulher negra de origem periférica, e o entendimento de como a vida de nenhuma pessoa pode existir separada das vidas de outras; portanto, a construção de suas histórias é parte significativa na tessitura da minha história.

Escrita e catarse: o reencontro do "eu"

Nossos corpos negros carregam histórias e traumas da escravidão, da colonização e do racismo que perduram até os dias atuais. Olho para mulheres negras como Carolina e Conceição e vejo uma sabedoria ancestral de muitas que vieram antes delas, dos navios negreiros. Ouço suas vozes repercutindo, enquanto escrevo minha história e reescrevo minha identidade, numa espécie de metamorfose lenta e dolorosa, encontros e desencontros comigo mesma em busca da negritude perdida.

Desde a graduação na universidade, um espaço majoritariamente branco, eu era praticamente a única negra, o *punctum* (conceito cunhado por Roland Barthes[23] para denominar um "ponto" na foto que chama a atenção daquele que olha) que a professora já havia apontado no ensino médio: "Por que aquela negra não vira para a frente e me deixa fazer a chamada?". Me lembro de ouvir dizerem que ali não havia diferenças nas relações, mas não foi o que efetivamente aconteceu. O racismo era sutil, mas tão devastador quanto, e atingia em cheio minha autoestima, o que fez surgir a síndrome de "patinho feio" (que sequer desconfiava ser cisne). Nessas circunstâncias adversas, pareceu "natural" me assimilar e, desse desconforto, inevitavelmente se inicia um ciclo conflituoso sobre a minha identidade. Usei tranças, fiz alisamentos e alongamentos. Eu gosto de todas essas versões, mas me pergunto se o fiz para deixar de ser "a peça que não se encaixa". Quando me distancio temporalmente da cena, entendo que a verdade é que, honestamente, eu não me sentia livre para ser negra. Para ser aceita, eu precisava apagar a minha cor. Era doloroso reconhecer, mas a revelação se fazia implacável e inequívoca.

Na continuidade dessas descobertas, a tese tomava forma e, em igual medida, aumentava o desconforto do desconhecimento de mim, embora não soubesse exatamente em que aspectos. No meu espírito pulsava forte a urgência da busca do "eu" desmemoriado. Em meio a essa desconexão, num gesto inconsciente, fui cortando o cabelo, na ânsia de chegar às minhas raízes. Me esquecera como eram meus fios naturais.

Quando me olhei no espelho, sem o alongamento, experimentei um outro tipo de libertação. Autorreconhecimento e autoamor não são processos simultâneos quando a referência de beleza difere daquilo que você vê no espelho. E assumir esse conflito interno é reconhecer o quanto somos atravessados pelo padrão estético racista que recobre a negritude/identidade, que enquanto indivíduo reconhece o quão visceral é a necessidade de pertencimento coletivo. Nessa perspectiva, seria hipócrita e leviano afirmar que o processo de aceitação é imediato e harmonioso. Ao contrário, são etapas muito lentas e, por vezes, dolorosas, que muito destoam dos discursos que se veem nas mídias sociais sobre os processos de transição capilar; no cotidiano, não temos um botão de "auto-likes"; honestamente, no fim da equação espeleologia/libertação, posso afirmar que o reencontro é bonito. Esse regresso à minha versão mais orgânica, relativa à minha identidade cultural (que não diz respeito à motivação da escrita, mas a um processo paralelo a este), num desdobramento de um processo que começou com o incidente em Exeter. Mesmo antes disso, havia outros pequenos, porém significativos, sinais. Na disciplina *Gender Perspective*, que cursei em Exeter em 2015, a professora Nuria Capdevila-Argüelles disse a seguinte frase: "Quando você tem uma identidade, você age de acordo com ela." Ouvir aquilo me atingiu em cheio: não só o que ela disse, mas a forma como ela o fez, olhando em nossos olhos atentos. Eu baixei os meus no momento em que os dela se aproximaram, sem querer demonstrar o quão profundamente eu havia sido impactada pela mensagem. Em grau latente, a frase ficou reverberando dentro de mim. Talvez, naquele momento uma chave tenha girado no meu interior como parte da grande epifania que ocorreu depois. Essas iluminações, acredito, não acontecem da noite para o dia. Penso que um clarão prenuncie a chegada, assim como depois de passar deixam rastros e marcas profundas. Nos desdobramentos finais da tese, percebo meu corpo em sintonia com a minha escrita numa simbiose para narrar o que escapa à memória. Me sinto livre para mudar meu corpo, se isso me fizer feliz, porém, não quero mais desconhecer quem sou. Não quero ficar mais tanto tempo distante de mim, tampouco me sentir refém de quaisquer padrões.

Tenho absoluta compreensão sobre a ancestralidade que entrelaça e sustenta a resistência política e emocional de todas as mulheres negras e, nessa continuidade, é possível romper com o tempo cronológico, numa simbiose entre o passado e o presente que se faz escrita; o despertar de uma consciência coletiva me motiva ao autorreconhecimento na experiência de outras mulheres negras em condições de subalternidade semelhantes, entrelaçadas no que somos como comunidade política.

Para concluir, reafirmo absolutamente que, diante dos obstáculos, a fome de saber me manteve forte. Se o meu navio negreiro foi a rua, com a minha mãe, a minha escrita é libertação, é catarse: uma hermenêutica do "eu", muito além de toda teoria. Fui contemplada por uma epifania transformadora e, nesse ponto, rompi com o meu ceticismo, porque, devo afirmar, ainda, que acredito em milagres.

POSFÁCIO À VIAGEM BIOGRÁFICA

Levei muito tempo refletindo acerca do que dizer sobre a história de Clarice. Essa jornada me tocou de inúmeras formas, ora variando a dimensão da superfície de contato, ora oscilando a pressão das conexões. Creio que minha proximidade com a pessoa que escreve colaborou para acentuar os efeitos de intimidade dramática proporcionados pela identidade entre narradora e personagem. O chamamento pelo primeiro nome, ainda neste início de texto, expressa tal intimidade. Diante do relato de si, o retorno da autora está completo, pois é impossível arredar da memória o rosto de quem escreve e, por isso, seguimos colados um ao outro, as orelhas em pé e o coração prostrado em água agridoce. E, agora, como que completando um colóquio íntimo que havia sido feito de ausente para ausente, dou aqui meu depoimento, procurando me distanciar um pouco.

Então: começo outra vez.

A história de Clarice Fortunato Araújo fez muitas viagens. Não consigo pensar nessa narrativa — ensinamento de Ítalo Calvino — como algo diverso dos *nostos*, palavra grega que significa regressar a casa, pois não se trata de uma viagem de ida, mas de volta. A Clarice-escritora precisou voltar à sua morada íntima depois de uma longa jornada, e cantar essa travessia. Contar sua história para não correr o risco de perder a memória — ou, mais terrível que isso, para não perder o sentido de vida contido nas experiências que sofreu. Por isso, mais que espaciotemporal, seu deslocamento pela paisagem foi espiritual — um trânsito pelas ruínas abstratas da memória. Um caminho labiríntico, difícil de ser reaberto para o retorno da matéria recalcada, obliterada por muitos anos e já fragmentada e densa de fantasmagorias.

A necessidade de Clarice-escritora completar o círculo (da vida), regressando ao ponto de origem, fez parte do encontro com uma identidade antiga, do reconhecimento perdido de uma voz ancestral — inquieta, mas ainda calada. A voz da negritude a empurrou para os sítios do passado, de onde era preciso desentranhar lascas fósseis para remontar um reflexo arqueológico diante do espelho. E ganhar a si mesma.

Em seus esforços para colar, cerzir, rejuntar, restaurar a matéria pretérita, houve um desentranhamento de si, um tipo de expurgo que permitiu a Clarice sublimar os instantes-antes. Como diz o saber popular, recordar é viver — traço que se conecta às assertivas vozes que anunciam o passado trágico com o "minha vida daria um romance". Ao entrecruzar essas duas pontas, o ato de sublimar da escritora ganhou dois sentidos: o freudiano, de mecanismo de defesa, de deslocar para o papel certos impulsos contidos de violência, perfazendo seu direito ao grito; e o estético, no sentido de tornar sublime uma experiência de vida marcada pela classe, pelo gênero e pela raça.

O relato testemunhal de Clarice Fortunato reproduziu a contiguidade entre narrativa e existência, endossando o saber poético e político da escrevivência, traço que remete diretamente à estilística de Conceição Evaristo, uma irmã mística da autora, companheira de armas & lutas. E, além dessa linha inconsútil entre viver e narrar, deve-se destacar que o verbo *recordar*, em sua origem etimológica, significa colocar de volta ao coração — o que significa que Clarice experienciou a latência novamente do que lá esteve. Precisou estabelecer uma conexão com outro eu, como uma viagem no tempo via máquina discursiva.

Conforme a escrevivente Clarice afirma no texto: "era como se a viagem ao exterior fosse também uma viagem para fora de mim". Nada mais ilustrativo acerca do aspecto mítico da viagem neste projeto de narrar, uma vez que o deslocamento tornou-se uma forma de atuar contra a miopia do cotidiano, possivelmente das próprias identidades renegadas. Nesse sentido, a viagem física foi uma viagem espiritual, mas não a busca de algo material, e, sim, por um tesouro sem mapa, pouco palpável e ainda ilegível. Ou, de outro modo: foi deslocando-se pela paisagem variada do mundo, sintomaticamente uma *landscape* europeia, é que a autora descobriu a necessidade descolonial de valorizar a paisagem da alma, uma *soulscape* africana e brasileira.

Retomo o tema dos *nostos*, do relato do regresso presente nos mitos. Esse tipo discursivo provoca, em razão do material mnemônico manipulado, a impressão gráfica da melancolia. Abatimento ou tristeza é apenas um dos lados dessa moeda, pois poderia haver aqui, também, o arrebatamento da nostalgia.

Diz-se que o termo médico 'nostalgia' é derivado da palavra grega *nostos* à qual se acrescentou o sufixo -algia, o que implicaria a noção de uma dor experimentada por aqueles que recordam o retorno. Na acepção corrente, é mais uma condição psicológica ligada à saudade do passado e ao desejo de retornar. Nostalgia, simbolicamente na literatura, remete às frustrações produzidas pelas pequenas e grandes separações do indivíduo romântico — o terreno espiritual, a infância, a mãe, a pátria, a identidade. O texto de Clarice nos levou a um itinerário nostálgico, de ressonância melancólica.

Carregando as marcas de um passado no seu corpo-texto, foi preciso que Clarice-autora inscrevesse no corpo do texto suas cicatrizes, impressão feita de tinta visceral. Ainda que o passado fosse um reino muito distante para percorrer sem a depuração necessária e paradoxal do tempo, ela comprou esse *ticket*, fez as malas e nos trouxe para baixo de seu teto (de livros). Afinal, aquela que viaja, tem muito o que contar, como diria Benjamin.

Este relato de Clarice Fortunato Araújo expressa seu mito individual. Com base nesse mergulho por águas profundas da memória, foi possível à autora resgatar uma história e nos apresentar em linguagem crua o espólio desse percurso. Para nós, há o peso do testemunho de uma mulher negra e singular; já para Clarice, um efeito mais contundente que para nós, há a consciência plena de aplacar as vozes que lhe diziam para não esquecer. O mergulho no passado de Clarice foi transfigurador para ela, permitiu que a autora inscrevesse dentro de si uma mulher mais forte e mais empoderada, uma estátua de ébano doadora de poderes femininos imateriais.

Que daqui para diante você faça uma boa jornada e traga para dentro de si a imensidade. E nunca deixe de se levantar.

Marcio Markendorf
é professor e coordenador do Programa de
Pós-graduação em Literatura, na Universidade
Federal de Santa Catarina

REFERÊNCIAS

1 Anzaldúa, Glória. Falando em línguas: uma carta para as mulheres escritoras do terceiro mundo. Trad. Edna de Marco. *Estudos Feministas*, Florianópolis, v. 8, n. 1, p. 229-236, jan. 2000.
2 Benjamin, Walter. Sobre o conceito da história. Em: Benjamin, Walter. *Obras escolhidas*, vol. 1. Trad. Sérgio P. Rouanet. São Paulo: Brasiliense, 1994. p. 222-232. O texto de Gerhard Scholem faz parte do trecho citado (tese 9).
3 Belli, Gioconda. *O país sob minha pele*: memórias de amor e guerra. Trad. Ana Carla Lacerda. Rio de Janeiro: Record, 2002.
4 Chevalier, Jean; Gheerbrant, Alain. *Dicionário de símbolos*: mitos, sonhos, costumes, gestos, formas, figuras, cores, números. Trad. Vera da Costa e Silva. 26. ed. Rio de Janeiro: José Olympio, 2012.
5 Paráfrase do poema "Vozes-mulheres". Em: Evaristo, Conceição. *Poemas da recordação e outros movimentos*. Belo Horizonte: Nyandala, 2008.

6 *Brilho eterno de uma mente sem lembranças.* Produtor: Michel Gondry. Protagonistas: Jim Carrey e Kate Winslet. EUA, Universal, 2004.

7 Homero. *Odisseia.* Trad. Frederico Lourenço. São Paulo: Companhia das Letras, 2011. O evento citado é narrado no Canto XII.

8 Todorov, Tzvetan. A viagem e seu relato. Trad. Lea Mara Valezi Staut. *Revista de Letras*, São Paulo, v. 46, n. 1, p. 231-244, jan.-jun. 2006. (publicado originalmente em *Les morales de l'histoire*, 1991)

9 Todorov, Tzvetan. *A literatura em perigo.* Trad. Caio Meira. Rio de Janeiro: Difel, 2009.

10 Rilke, Rainer Maria. *Cartas a um jovem poeta.* Trad. Paulo Rónai. 10. ed. Porto Alegre: Globo, 1980.

11 Lorde, Audre. A transformação do silêncio em linguagem e em ação. Em: Lorde, Audre. *Irmã outsider*: ensaios e conferências. Trad. Stephanie Borges. Belo Horizonte: Autêntica, 2019.

12 Benedetti, Mario. Cosecha de nada?. Em: Benedetti, Mario. *El olvido está lleno de memoria.* Buenos Aires: Sudamericana, 1995. Traduzido diretamente do original: "Hay quienes imaginan el olvido como un depósito desierto, una cosecha de la nada y sin embargo el olvido está lleno de memoria."

13 Neruda, Pablo. *Livro das perguntas.* Trad. Olga Savary. Porto Alegre: L&PM, 1980.

14 Evaristo, Conceição. "De mãe". Em: Evaristo, Conceição. *Poemas da recordação e outros movimentos.* Belo Horizonte: Nandyala, 2008.

15 King, Martin Luther. *The crisis in America's cities* (discurso proferido na Conferência de Lideranças Cristãs do Sul em Atlanta, 1967). Publicado em inglês pelo periódico

The Atlantic. <https://www.theatlantic.com/magazine/archive/2018/02/martin-luther-king-jr-the-crisis-in-americas-cities/552536/>. Traduzido diretamente do original: "Discrimination is a hell hound that gnaws at Negroes in every waking moment of their lives to remind them that the lie of their inferiority is accepted as truth in the society dominating them."

16 *Modern times*. Direção: Charles Chaplin. Protagonistas: Charles Chaplin e Paulette Goddard. EUA, Charles Chaplin Productions, 1936. (filme mudo, preto e branco)

17 Fala do personagem Über-Morlock no filme *A máquina do tempo* (*The time machine*). Direção: Simon Wells. Protagonistas: Guy Pearce, Jeremy Irons. EUA, Warner, 2002. Traduzido diretamente do original: "We all have our time machines, don't we. Those that take us back are memories... And those that carry us forward, are dreams."

18 Foucault, Michel. *A arqueologia do saber*. Trad. Luiz Felipe B. Neves. 7. ed. Rio de Janeiro: Forense Universitária, 2008.

19 Soar, Ercy. *Os outros que somos*: dilemas da identidade contemporânea. Tubarão: Unisul, 2011.

20 Proust, Marcel. *Em busca do tempo perdido*. Trad. Fernando Py. Rio de Janeiro: Nova Fronteira, 2016. (7 volumes em 3)

21 Seligmann-Silva, Márcio. O local do testemunho. *Tempo & Argumento*, Florianópolis, v. 2, n. 1, p. 3-20, jan.-jun. 2010.

22 Jesus, Carolina Maria de. *Quarto de despejo*: diário de uma favelada. Rio de Janeiro: Francisco Alves, 1960.

23 Barthes, Roland. *A câmara clara*: nota sobre fotografia. Trad. Júlio C. Guimarães. Rio de Janeiro: Nova Fronteira, 1980.

foto de Monica Ramalho

Clarice Fortunato é mulher negra, escritora, professora, pesquisadora, feminista.

Doutora em Literatura pela Universidade Federal de Santa Catarina, UFSC, Brasil – com período sanduíche na University of Exeter, Inglaterra, UK.

Atualmente leciona na Secretaria de Estado da Educação de Santa Catarina.

Este é seu livro de estreia como autora de literatura.